Moi, Thierry F., chômeur professionnel

Moi, Thierry F., chômeur professionnel

Albin Michel

Introduction

J'avais cinq ans et demi lorsque est née l'ANPE, le 13 juillet 1967. J'en avais dix-huit lorsque j'ai franchi son seuil pour la première fois. J'en ai près de quarante-cinq aujourd'hui. Je l'ai fréquentée pratiquement tout ce temps : vingt et une années d'assiduité. J'ai peu travaillé dans ma vie. Pratiquement pas, en réalité. Le reste du temps, j'ai vécu aux crochets de mon pays. Indemnités, allocations et aides diverses m'ont procuré une vie paisible et heureuse que je savoure chaque jour avec délice.

L'ANPE fêtera en 2007 ses quarante ans. Je fêterai, si tout va bien, mes vingt-deux ans de chômage indemnisé. Elle et moi nous connaissons bien : nous avons grandi ensemble. Je l'ai vue se transformer – prospérer, si l'on peut dire.

C'était une toute petite entreprise. C'est désormais une énorme machine : huit cents agences locales, sept cents antennes Assedic et vingt-trois mille agents – sans parler des vingt-huit mille autres fonctionnaires qui lui sont affiliés. Moi, Thierry F., je ne suis plus désormais qu'un numéro : je fais partie des 2,2 millions de demandeurs d'emploi actuellement recensés. Mais quel numéro ! Durant toutes ces années, et malgré l'explosion des effectifs au sein de l'agence, j'ai réussi à maintenir mon statut. J'ai profité à fond des lois sociales mises en place par mon beau pays. Et ceci le plus légalement qui soit. En France, à condition de bien connaître ses droits, on peut vivre des deniers publics tout en restant scrupuleusement honnête. Une bonne nouvelle, non, en ces temps de crise nationale ?

Suis-je une exception ? Sans doute pas. Les profiteurs du système sont nombreux. Il est si facile de faire tourner les textes en notre faveur, si facile d'« endormir » un conseiller – certains, ai-je lu récemment, envisageraient même de se mettre en grève sous prétexte que leur travail n'est pas de contrôler les chômeurs mais de les aider ! Je revendique quand même cette performance. Je l'avoue, je me suis bien amusé, année après année, mesure gouvernementale après mesure gouvernementale, à maintenir mon cap, à pousser mon avantage encore un peu plus loin, toujours plus loin. Mon côté joueur.

Si l'on considère que la durée moyenne de chômage chez un adulte entre vingt-cinq et cinquante-quatre ans est de 16,7 mois, on peut admettre que, dans ma catégorie, je suis un joueur de très haut niveau.

Je sais, je coûte cher à la société. Mais est-ce ma faute si mon pays accepte de débourser 10 milliards d'euros par an, deux fois plus que les autres pays de l'OCDE, pour accompagner ses demandeurs d'emploi ? J'ai un train de vie modeste, des principes rigoureux : jamais de faux papiers, presque jamais de déclarations mensongères, et un unique mécène : l'État. Je ne me sers que dans ses caisses, je répugne à faire appel à l'argent des contribuables proches de moi. Je ne suis pas un voleur comme ces fraudeurs organisés qu'on voit maintenant. Juste un « ayant droit(s) » !

Vingt et un ans de chômage – cette extraordinaire plage de temps libre, et payé, auquel chaque Français peut prétendre, s'il est un peu astucieux – m'ont procuré une existence si tranquille qu'à la quarantaine passée, je me sens en meilleure forme que la plupart de mes amis qui travaillent.

Outre ce don de profiter de l'État français, je suis un artiste de l'oisiveté. Un pro du farniente. Buller, flemmarder, musarder, paresser, ne rien faire : voilà qui résume ma philosophie de l'existence, l'unique passion qui ait jamais habité ma vie. Ah, ces verbes légers comme le champagne, doux comme un matelas de plume, des verbes caresses aux odeurs de siestes volées. On dit les chômeurs malheureux. Leur taux de mortalité serait, à âge égal, le double de celui des personnes actives. J'ai conscience que tous n'ont pas choisi comme je l'ai fait de vivre cette vie de marginal que je qualifie, moi, de vie sans attaches, de vie d'homme libre.

Un jour, quand l'heure de la retraite sonnera, je toucherai le minimum vieillesse et continuerai à couler des jours heureux en rendant grâce à cette belle France qui m'a tant donné. Je ne suis pas un ingrat. Je sais que je lui dois tout. Mais pas de fausse modestie non plus : si j'en suis là, le mérite m'en revient aussi.

1.

Indemnisé chronique

J'habite un bel immeuble moderne de sept étages aux environs de Roanne. Dans mon quartier, on me prend pour un jeune cadre. Je suis propriétaire depuis deux ans de mon appartement, un grand studio de trente mètres carrés avec balcon, vue imprenable sur un jardin et, plus loin, un stade et des courts de tennis. Les voisins me croisent rarement ou bien à des heures telles qu'ils doivent penser que je fais partie de cette nouvelle race de salariés qui travaillent à la carte. Ils me regardent avec envie monter dans mon Alfa Romeo 33, couleur noir anthracite, sièges baquets rayés gris. Ils me voient la bichonner – lavage chaque semaine, petits réglages techniques quasi quotidiens. Voilà neuf ans que je l'ai achetée, d'occasion. Elle paraît flambant neuve. Le soir, je pars souvent en virée avec elle, juste à l'heure où ils rentrent du travail.

J'ai l'air du type qui s'est construit une belle vie. Jamais de costume, jamais de cravate. Je suis plutôt jeans, baskets et tee-shirts. Un look sportif. On pourrait imaginer que je suis dans l'informatique. Ces gens-là n'ont pas d'horaires. En fin de journée, il m'arrive d'aller jouer au tennis avec l'un ou l'autre de mes neveux. Je sors de l'immeuble en tenue, short et polo blancs, baskets blanches – je suis assez à cheval sur les couleurs – et raquette de bon niveau.

J'ai une quarantaine d'années. En pleine forme. Je suis la caricature du célibataire endurci à qui tout sourit ; le quadra qui n'a pas eu envie de s'embarrasser d'une famille : pas de nounou à payer, pas de baby-sitter à ramener le soir, pas de crédit revolving dans la boîte à lettres en rentrant du travail, surprise que concoctent souvent les épouses à leurs maris – les femmes sont si dépensières ! Bref, je corresponds au prototype du parfait égoïste, comme la société actuelle aime à en former depuis peu. Loisirs, vêtements, cosmétiques, biens de consommation : mon courrier regorge d'offres à l'intention des hommes comme moi, apparemment nantis et dans la force de l'âge.

Un jeune cadre insouciant : oui, c'est sans doute ainsi que me voient ceux que je côtoie chaque jour. Je ne fais rien pour les détromper. Je ne fais rien non plus pour les encourager dans cette voie. Je ne suis pas bavard de nature. Ça m'amuse pourtant qu'ils s'imaginent une réalité qui n'est pas. Je suis aimable, gentil, prévenant : « Comment allez-vous ? », « Voulez-vous un coup de main ? » J'aide les mères à monter les poussettes, les personnes âgées à porter leurs courses. Et je ne manque jamais de parler de la météo quand je croise quelqu'un dans l'escalier. À part mes petites maniaqueries lors des assemblées de copropriété où j'épluche les comptes, je suis plutôt apprécié. Je ne mens pas, je ne parle pas de moi, c'est tout.

Que penseraient-ils en apprenant ma vraie activité ? Peut-on parler de métier ? Pourquoi pas ? Métier donc : chômeur professionnel. Voilà ce que je suis. Je ne travaille plus – du tout – depuis treize ans, tout en étant indemnisé. Avant, j'ai fait quelques petits boulots, vraiment très petits, pour entrer dans le système. Rien d'épuisant, cela dit : de 1979 à juin 2006, je n'ai été salarié que deux ans et ai réussi à totaliser plus de vingt et une années de chômage.

Moins de trois ans de travail en vingt-quatre ans ! Très exactement trente et un mois. Incroyable, n'est-ce pas ? Encore ne les ai-je pas accomplis d'une seule traite. J'ai travaillé six mois en 1980, quatre mois en 1987, encore neuf mois en 1989, et enfin une longue année à mon compte en 1993.

Trente et un mois de travail seulement sur treize ans pour vingt-quatre années de farniente rémunéré. Sans fausse modestie, je suis plutôt fier de moi. Je ne crois pas que beaucoup de personnes puissent s'enorgueillir d'un tel record.

Je n'ai rien fait d'extraordinaire pour en arriver là. Je me suis contenté de suivre la législation française à la lettre. Car je suis la mémoire vivante de toutes les aides existantes, de tous les règlements des Assedic et de l'ANPE. Je connais tous leurs codes, leurs vices cachés, leurs trésors insoupçonnés – textes votés mais rarement appliqués, fabuleux codicilles jamais examinés et pourtant si utiles. Entre 1979 et aujourd'hui, je les ai lues et relues, ces lois, je les ai potassées de fond en comble. J'en ai traqué toutes les bizarreries, les contradictions parfois. Et c'est ainsi que je suis devenu ce que je suis : un chômeur professionnel parfaitement respectueux de la législation en vigueur. Un indemnisé chronique, quoi.

Indemnisé : quelle merveilleuse expression ! Comme si l'on me payait une dette. Quand j'ouvre *Le Petit Robert* – une de mes passions – et que je m'arrête à ce mot, j'avoue me régaler : « *Indemnisé* : celui qui reçoit une somme en réparation d'un dommage, d'un préjudice ou de la perte d'un droit. » Mais je n'ai rien perdu, moi ! Personne ne m'a jamais manqué de respect, personne ne m'a volé ou n'a porté atteinte à mes droits. Les droits, c'est moi qui les prends, et cela sans avoir subi la moindre injustice. Scandaleux, diront certains. J'avoue que, certains jours, je ne suis pas loin de partager leur avis.

Mais aussi, est-ce ma faute si je n'aime pas travailler ? Est-ce ma faute si le système français m'a laissé le choix de ne pas travailler ? Je ne suis pas idiot, j'ai des diplômes – un BEP d'électricien en bâtiment, un certificat de mécanicien d'armement et un BEP de dépanneur électroménager. J'ai aussi effectué une formation en création d'entreprise à la chambre de commerce et d'industrie de Clermont-Ferrand. J'ai une bonne culture générale, je m'intéresse à beaucoup de choses. Mais, très assidu au début d'un travail, je suis au bout du rouleau six mois plus tard. Voilà mon problème dans la vie : je me lasse vite. Du travail et de l'effort. Même les filles, je m'en lasse. Elles arrivent dans ma vie, elles repartent. Il y a deux choses dont je ne me fatigue jamais : chômer et m'occuper de mes amis.

Au début, ce fut comme un défi : le plaisir de me payer de longues vacances et de retarder le moment d'« entrer dans la vie active », comme on dit. Très vite, je me suis pris au jeu. C'est devenu un sport. De six mois en six mois, désormais, je remplis un formulaire. Il m'arrive automatiquement par courrier sans que j'aie à lever le petit doigt. Je coche une phrase dans une case, un chiffre dans une autre. Les formulaires d'aujourd'hui sont une merveille d'efficacité et de simplicité. Celui que je reçois depuis maintenant plus de quinze ans a un nom redoutable, comme d'ailleurs la plupart des formulaires de ce genre : « déclaration de ressources pour le renouvellement de l'allocation spécifique de solidarité ». Depuis quinze ans, invariablement, on me demande combien j'ai gagné durant les six derniers mois qui se sont écoulés. Combien de traitements et salaires ? Rien. Je ne coche même plus la case.

Combien de revenus et plus-values qui me viendraient d'une activité d'artisan ou de commerçant ? Rien. Mes rémunérations de stages et d'allocations chômage ? J'écris que je ne touche que l'ASS, l'allocation dont je demande précisément le renouvellement (je pousse la coquetterie jusqu'à mettre un point d'exclamation à cette précision). Combien de pensions, de rentes ? Toujours rien. Combien d'autres ressources (revenus de valeurs et capitaux mobiliers, revenus fonciers, plus-values et gains divers) ? Rien. Rien. Rien de rien ! À la case « total », je note zéro. Je date, je signe et on reconduit mes droits pour six mois. C'est aussi simple que ça. Enfin presque.

Car, en fait, j'ai beaucoup travaillé – pardonnez-moi l'expression – pour en arriver là. Un peu comme les joueurs de tennis soignent leur revers ou travaillent la volée, ou comme un footballeur apprend progressivement à maîtriser ses réflexes et son endurance. J'ai eu du mal : après tout, je n'ai jamais étudié le droit. Il n'a pas été facile d'ingurgiter, comme je l'ai fait, autant de textes de lois, tous plus rébarbatifs les uns que les autres. Puis de les analyser. Et enfin d'en tirer le meilleur.

En plus de toutes ces austères lectures, je me suis forcé à suivre l'actualité. Une sorte de formation continue volontaire, si l'on veut. J'ai suivi à la loupe les longs débats qui précédaient chaque nouvelle mesure. J'ai appris à m'adapter aux multiples changements de gouvernement et à anticiper les coups. À vingt et un ans, imbattable aux échecs, je gagnais souvent des tournois dans la région. Cette discipline m'a été utile. Les échecs sont une très bonne école pour apprendre à réfléchir. D'abord, il faut bien connaître les pièces : les pions, les cavaliers, les tours, les fous, les dames et les rois. Ensuite, il faut savoir jauger son adversaire. Enfin, il faut le terrasser. M'emparer du roi adverse a toujours été un jeu d'enfant pour moi. C'est la même chose aujourd'hui. Sauf que, dans mon esprit et depuis longtemps, l'échiquier, c'est devenu la France ; le roi à prendre, c'est devenu l'État, et qu'au lieu de gagner un radio-réveil ou je ne sais quelle autre ânerie, je gagne le droit de vivre une petite *dolce vita* aux frais de la princesse. Donc aux frais du contribuable. Mais, après tout, c'est aussi lui qui a voté ou fait voter ces lois que l'administration m'applique.

Mon secret, car j'en un ai, porte un nom assez ésotérique : l'ASS. J'imagine que le terme est étranger à beaucoup d'entre vous. L'allocation spécifique de solidarité est une aide magique, la dernière cartouche qu'un chômeur professionnel comme moi puisse tirer. La meilleure, en vérité. Car, après des années désagréables passées à trembler devant les employés de l'ANPE, à calculer ses fins de droits, à envisager, la mort dans l'âme, de devoir reprendre un travail le temps de remettre la machine à payer en marche, l'ASS offre la perspective d'une vie enfin stable. Une fois qu'on l'a obtenue, on peut pratiquement se reposer sur ses lauriers. Dormir vraiment tranquille, quoi. Cette fameuse ASS intervient au moment où le chômeur a épuisé tous ses droits, ce qui m'est arrivé il y a très exactement seize ans, au terme de quatre-vingt-trois mois de chômage indemnisé – avec quelques pauses quand même. Soit sept ans sans travailler, en vivant aux crochets de mon pays. Si tous ces chiffres sont un peu fastidieux, ils sont aussi ma fierté. Et puis il est utile de bien intégrer les données du problème pour se retrouver dans toutes ces dates, ces mois d'indemnisation, ces pauses de travail.

Sur le papier, et pour quelqu'un d'un peu plus assidu au travail que je ne l'ai été, bénéficier de l'ASS est très facile. Il faut pouvoir prouver que l'on recherche activement un emploi, ce qui est une question d'habitude et d'entraînement. Ne pas dépasser un certain plafond de ressources mensuelles (moins de 1 000 euros pour une personne seule, très exactement 997,50 euros). Et justifier de cinq années d'activité salariée dans les dix années précédant la fin du dernier contrat de travail.

En 1990, date à laquelle j'ai eu l'idée de solliciter cette indemnité, j'étais vraiment très loin du compte : je n'avais travaillé que dix-neuf mois durant les dix dernières années ; un an et sept mois seulement au lieu des cinq ans exigés. Comment ai-je réussi à passer entre les gouttes ? La loi, toujours la loi ! Car, à côté des gros caractères du premier paragraphe, il y avait une foule d'indications complémentaires imprimées en tout petit et à lire à la loupe. Ce sont elles qui m'ont sauvé la mise. Il faut toujours lire jusqu'au bout les textes de l'État français.

Et qu'annonçaient-elles, ces petites lignes ? Beaucoup de bonnes nouvelles. Premièrement, que certaines périodes pouvaient être assimilées à du travail ; le service militaire, par exemple, comptait. En découvrant cette information, j'ai bondi de joie. J'ai sauté sur ma calculette, pris une feuille et un crayon et commencé à faire des additions. Avec le service militaire, soit douze mois, on en arrivait à trente et un mois. Deuxièmement, j'ai appris que les formations rémunérées pouvaient elles aussi compter pour du travail. J'ai ajouté neuf mois sur ma feuille. J'en étais maintenant à trois ans et quatre mois.

Trois ans et quatre mois ? Je vérifiai avec la calculette – toujours vérifier avec une calculette, c'est plus prudent. C'était bien ça. Il ne me manquait plus que vingt mois pour atteindre la barre des cinq ans. Je reprenais espoir : avec la bienveillance de l'ANPE, peut-être arriverais-je à sauver ma tête...

Mais non, inutile de me livrer à des bassesses de ce genre. La dernière phrase précisait que l'allocation spécifique de solidarité prenait également en compte les périodes de chômage indemnisées, allocations de base et allocations de fin de droits comprises. Je crevais le plafond. Avec trente-huit mois d'allocations de base à mon actif (je pouvais me permettre de ne pas compter les périodes de fin de droits !), j'atteignais le chiffre de cinq années et neuf mois. Je pouvais prétendre à décrocher le gros lot.

Sauvé, j'étais sauvé, et ce grâce à une minuscule ligne imprimée en caractères pâles au bas d'un formulaire.

2.

Propriétaire pour 23,88 euros par mois

Être financé par l'État, cela donne des droits. L'ASS, ainsi, n'interdit pas l'accès à la propriété. Pourquoi le ferait-elle ? Pourquoi un chômeur n'aurait-il pas le droit d'avoir un toit bien à lui, parvenu à la quarantaine ?

Le 12 janvier 2004, je suis devenu officiellement propriétaire d'un studio au deuxième étage de la résidence des Tulipes, rue du Pré. La signature chez le notaire a été très gaie. Les vendeurs, un couple d'amis qui travaillent dans l'immobilier, le connaissaient bien : un type jeune, décontracté, qui avait repris les affaires de son père.

Une fois que nous avons été installés, il a lu à haute voix le prix de l'appartement : 15 000 euros pour trente mètres carrés plus une petite cave de quatre mètres carrés. Il n'a pas pu s'empêcher de rire : « Quinze mille euros, mais ce n'est pas le prix d'un mètre carré à Paris. Mais c'est Noël ! C'est Noël, pour vous, monsieur ! »

Mes amis se regardaient en souriant. L'appartement qu'ils me vendaient valait au bas mot 5 000 euros de plus.

La lecture du contrat a été un nouveau sujet de plaisanterie : j'achetais mon appartement grâce à un crédit étalé sur huit ans à 3 % d'intérêts, crédit que je ne remboursais pas à une banque, comme c'est l'usage, mais à mes propres vendeurs. Ce jeune notaire n'avait jamais vu qu'on vende un bien à un particulier avec si peu de garanties et en lui demandant si peu d'intérêts. Aurait-il ri autant s'il avait su qu'en plus des toutes petites mensualités que j'allais verser (un peu moins de 180 euros), je bénéficiais, comme par le passé, d'une allocation logement social qui couvrait pratiquement mon emprunt – à 23,88 euros près ? Les notaires ne sont pas très chauds pour que l'on casse à ce point les prix.

Mais c'est ainsi : en France, lorsque les revenus d'une personne ne dépassent pas 1 000 euros par mois, elle a droit à une aide au logement. Et peu importe qu'il s'agisse d'une location ou d'un PAP (prêt à l'accession à la propriété). Cette aide, versée par les Allocations familiales, je la touche depuis vingt-six ans. Pour l'anecdote, lorsque je l'ai reçue pour la première fois – c'était juste après la victoire de Mitterrand –, elle dépassait de 20 francs le montant de mon loyer : erreur de l'administration en ma faveur. La France est vraiment un pays formidable.

Depuis deux ans et demi, les Allocations familiales me versent donc très ponctuellement 154,94 euros par mois. Et ceci jusqu'en 2012, date de l'extinction de ma dette et de mon accession définitive au doux statut de propriétaire. Après, évidemment, ce sera fini. Forcément, je n'aurai plus besoin d'eux. Si je le voulais, je pourrais même me permettre de faire des travaux chez moi. Il existe des astuces pour les financer, d'autres aides. Mais je suis bon bricoleur, mon studio est nickel et je tiens à mes 170 euros d'argent de poche, ce qu'il me reste lorsque j'ai déduit mes frais fixes : l'assurance de la maison et de la voiture, mon mini-crédit immobilier, le budget nourriture, la facture d'électricité, mon essence et le coût de ma Mobicarte. Cet argent, c'est ma liberté, ce qui fait la différence entre un esclave et un homme libre. Or, justement, je suis un homme libre.

Alors que j'aurai fini de payer mon appartement dans six ans seulement, beaucoup de mes amis ont dû s'endetter pour vingt-cinq ans, parfois même à hauteur de 60 % de leur salaire. Je vis confortablement, je sais me faire des petits plaisirs : m'offrir un taxi, par exemple, lorsque je viens rendre visite à mon frère à Paris. J'adore regarder tourner le compteur au milieu des embouteillages, les gens courir sur le trottoir pour essayer d'attraper un bus bondé. C'est un luxe, évidemment, mais quel plaisir d'éviter la cohue du métro. Puisque je peux me le permettre.

En 1995, j'ai été l'un des premiers à m'offrir un téléphone portable. Nous sommes maintenant deux milliards dans le monde à en posséder un, dont quarante-huit millions et demi en France. À l'époque, seuls trois cent mille Français s'étaient lancés dans cet achat. Quand je me le suis offert, on m'a demandé si j'étais chef d'entreprise. Dans ces années-là, seuls les chefs d'entreprise pouvaient apparemment se payer cet objet – sur le compte de leur société, cela va de soi. Moi, c'était mon luxe, mon plaisir d'être un pionnier. J'ai sans doute été le premier chômeur à posséder cet appareil précurseur. Chaque fois que j'ai l'occasion de ne pas avoir de fil à la patte, je fonce.

Les premiers jours, j'ai vraiment abusé de la situation. « Allô ? Allô ? Yvon ? »

Yvon, c'est un copain d'enfance, mécanicien et fou de gadgets. En cette belle journée de 1995 où je viens d'entrer en possession de ce merveilleux appareil, ça me ravit de l'épater. Je suis bien la dernière personne dont il puisse penser qu'elle possède un portable.

« Tu m'entends ? Je t'appelle de ma voiture...

– De ta voiture ?

– Eh bien oui, de ma voiture !

– Mais comment ça, de ta voiture ?

– J'appelle avec mon portable !

– Ton portable ? Toi ? Tu as un portable ?

– Eh oui.

– Mais d'où tu sors un engin pareil ? Ça coûte une fortune ! Tu l'as volé ou quoi ?

– Non, je l'ai acheté.

– Tu es complètement fou. »

Le soir même, je lui faisais une démonstration. Ils étaient incroyables, ces téléphones de l'époque. Extraordinairement lourds, et très laids. Il fallait déployer une antenne pour pouvoir s'en servir. Toute une histoire. Mais Dieu que j'étais fier d'exhiber cet engin !

J'ai toujours aimé faire des choses que les autres ne font pas : ne pas travailler alors qu'ils travaillent, m'offrir le dernier gadget alors que je n'ai pas un sou vaillant. J'ai toujours su me débrouiller. Lorsque je regarde les ménages autour de moi, je suis consterné par leurs difficultés quotidiennes. Ils gagnent confortablement leur vie et pourtant leur vie brinquebale. Ils ont des problèmes d'argent, des emprunts qu'ils ne parviennent pas à rembourser, ils se surendettent, alors ils prennent des boulots au noir pour essayer de combler leur trou. Parfois, ils travaillent les soirs et les week-ends en plus de leur activité. Ils sont épuisés. Arrive le moment où ils s'offrent un jour de congé, et c'est reparti : ils craquent pour une voiture neuve – quelle stupidité quand on sait qu'une automobile perd 25 % de sa valeur en un an –, une tondeuse à gazon ou je ne sais quel truc idiot dont ils n'ont aucun besoin mais qui les oblige à contracter un nouveau crédit, etc. Je les plains. Vraiment. Quand je pense qu'on ose dire que le travail c'est la santé...

Pendant ce temps, moi je croque la vie à pleines dents : je fais des grasses matinées, je vois longuement mes amis, je joue aux cartes deux fois par semaine, je fais la fête le samedi, je suis invité dans un club de gym par Viviane, l'une de mes sœurs, et son mari, qui en sont membres ; je joue aussi au tennis qui pour moi, bien entendu, est gratuit. Vous n'allez tout de même pas vous imaginer que je peux me payer une cotisation dans un club ? Or l'État est en dessous de tout sur ce plan : pas une réduction accordée ! C'est triste. Toujours est-il que ceux qui ont les moyens de se payer ce club en bas de chez moi oublient presque tout le temps de fermer le court à clé. C'est comme cela que j'en profite. Avec mes neveux, on joue donc à l'œil. Personne ne nous a jamais rien dit. Dans mon coin, les gens ne sont pas méchants. D'ailleurs, nous veillons à ne jouer qu'à des horaires où nous sommes sûrs de ne déranger personne. Parfois je joue aussi à Mablis, un village proche, dans un club où un copain donne bénévolement des cours. À Mablis non plus, personne ne trouve rien à redire à ce que je m'entraîne sans dépenser bêtement de l'argent.

Lecture, radio, télévision, cinéma... le temps passe vite. Ce sont des loisirs qui ne coûtent rien. Enfin si, il y a la redevance télé. Jusqu'à ce qu'elle soit calculée avec les impôts locaux, je ne la payais pas. En 2005, pour la première fois, j'ai dû débourser 113 euros. Je n'ai pas apprécié : encore une mesure antisociale. Alors, j'ai écrit à la Trésorerie. Des impôts, je n'en paie pas. Il n'y a donc aucune raison que je paie la redevance. Jusqu'à 2005, c'était dans les textes : les chômeurs comme moi étaient exonérés de cette taxe. Il ne faudrait pas que, sous prétexte que les gens riches fraudent, nous, les chômeurs, payions les pots cassés. J'attends la réponse de la Trésorerie. Je les relancerai autant qu'il le faudra.

Je suis inscrit depuis peu à la bibliothèque municipale. Je vais au cinéma quand je veux. Grâce à un ami qui travaille dans un multiplex, il m'arrive même d'assister à des avant-premières. Certains matins, il nous réserve la primeur des nouveaux films qui vont être exploités : c'est grâce à lui que j'ai découvert *X Men 3* avant tout le monde.

Et puis, il y a un moment important quand on a bien travaillé toute l'année : les vacances. Les miennes sont assez agréables : je passe trois semaines au moins chez Agnès, une autre de mes sœurs, qui habite Antibes. Je nage, je joue au volley-ball avec mes neveux, on pêche des oursins – quoique ce soit rigoureusement défendu. Je bronze à la plage. Pas trop. J'ai la peau sensible, je crains les coups de soleil. On dîne en famille et, le soir, on joue tous ensemble à la pétanque ou au ping-pong. L'hiver, il m'est souvent arrivé d'aller faire du ski à Villard-de-Lans où Viviane vivait encore il y a peu.

Je vis bien. Chaque jour, ma bonne fortune ne cesse de m'étonner. Avoir réussi ce coup de maître de ne pratiquement jamais travailler tout en étant entretenu par l'État m'éblouit. Mais il m'arrive aussi de me sentir gêné. Choqué, oui, choqué. Le laxisme de mon pays m'étonne. Est-il tout à fait normal que je bénéficie de toutes ces aides depuis si longtemps ? Que se passerait-il si tout le monde profitait de la situation comme je le fais ? Mais puisque des lois permettent à des gens comme moi de vivre aussi paisiblement, pourquoi y renoncer ?

3.

100 % joueur

On peut se permettre beaucoup de choses en France. Beaucoup trop. Quoique je sois heureux de profiter de cet état de fait, je le déplore. N'attendez pas cependant que je me repente de la vie de pacha que j'ai menée jusque-là. Je suis trop paresseux et bien trop égoïste pour cela. Et puis, il y a cette fierté de joueur qui m'anime. Avoir bravé l'administration durant tant d'années ! Avoir réussi à lui extorquer de quoi vivre si longtemps sous le règne de gouvernements de droite ou de gauche, et de tant de ministres ! Montant du cadeau accumulé au fil des ans par le généreux État français : 120 960 euros.

Je me sens quelqu'un d'important. Mais je sais bien que je ne suis qu'un petit joueur ; tout petit face à ceux qui nous gouvernent. Présidents – de droite ou de gauche –, ministres – de droite ou de gauche –, députés, conseillers généraux, je les entends depuis des années multiplier les déclarations sur l'honneur, la main sur le cœur, avec un regard innocent de premier communiant. Ils vont faire diminuer le chômage,

« réduire la fracture sociale » – à gauche comme à droite, ils adorent cette expression ! –, l'économie va reprendre et le climat s'améliorer. Heureux ! nous allons être heureux : cela fait vingt-cinq ans que je les entends chanter la même chanson. Il m'est arrivé de les croire.

J'ai été élevé dans une famille qui avait des idées politiques un peu contradictoires. Mon père était un travailleur, un gros bosseur même. En 1969, il a été l'un des premiers à s'inscrire au Cidunati, le syndicat patronal des artisans et commerçants. Il partageait les idées du secrétaire général de l'époque, Gérard Nicoud. Comme lui, il souhaitait davantage de justice et d'équité pour le monde auquel il appartenait, ces Français qui travaillaient comme des fous et qu'on accablait d'impôts de tous genres.

Apprenti menuisier à quatorze ans, il a eu son CAP à seize et s'est mis à son compte à dix-huit. À vingt ans, il avait déjà des apprentis sous ses ordres. Il louait un tout petit atelier. Il fabriquait des escaliers, des chambranles de fenêtres et même des cercueils pour les particuliers. J'avais un an lorsqu'il a ouvert son premier magasin ; j'en avais sept lorsqu'il a acheté le second. Il avait une belle entreprise, employant jusqu'à sept personnes. Ça marchait à peu près, mais je l'ai toujours entendu se plaindre des taxes qu'il devait payer. C'était un homme juste : il trouvait excessif de devoir verser autant d'argent pour chaque nouvel ouvrier. Il disait qu'en l'imposant autant, l'État encourageait le chômage. Je ne l'ai jamais vu manquer une réunion du Cidunati. Je le revois, sa casquette vissée sur la tête, une Goldo – c'est ainsi qu'on appelait les Gauloises – au bec, son bleu de travail tout poussiéreux de sa journée passée à l'atelier. Il descendait l'escalier qui menait de l'appartement à l'entrepôt et de l'entrepôt à la boutique. En descendant, il grommelait tout seul : « Ils vont voir. On ne va pas se laisser faire. » Et il claquait la porte de la boutique avec un bruit de clochette. En marchant dans la rue vers le café où se tenait la réunion, il grommelait toujours en balançant ses bras d'indignation.

C'était plus qu'une belle entreprise qu'il avait, mon père, c'était une victoire arrachée à ses origines modestes. La grande boutique, la deuxième qu'il avait achetée, faisait cent mètres carrés, avec un entrepôt de la même taille à l'étage et encore cent trente mètres carrés d'habitation privée au deuxième et au troisième. Il roulait en DS 21. En somme, il avait réussi.

À soixante-cinq ans, quand il a pris sa retraite, cet homme qui avait travaillé toute sa vie – cinquante et un ans sans jamais dételer – s'est retrouvé dans un appartement tout petit, en HLM, avec une retraite qui ne dépassait pas 600 euros. À peine un peu plus que ce que je gagnerai lorsque j'aurai son âge. Moi, du moins, je ne ressasserai pas de mauvais souvenirs : des week-ends gâchés à finir d'installer une cuisine chez un client pressé, des soirées à terminer des meubles, des maux de dos chroniques et, au final, de terribles ennuis financiers. Car au début des années 80, Conforama et d'autres grands magasins de meubles sont venus s'installer dans la région. Au moment de céder ses deux commerces, ceux-ci ne valaient plus rien. Il ne lui restait plus que ses yeux pour pleurer. Sans le vouloir, il ne m'a pas encouragé dans la voie du travail. Trop exploité lui-même pour avoir envie de voir ses enfants suivre sa trace. Aucun des garçons, ni moi ni mes deux autres frères, n'en avait de toute façon l'intention.

Depuis toujours, les gens qui nous dirigent nous manipulent. Ils se servent de notre argent. En ce qui me concerne, c'est plutôt celui de mes concitoyens. De temps en temps, nos dirigeants lâchent des miettes, pour faire joli et se donner bonne conscience. C'est comme ça qu'ils sont en quelque sorte devenus mes mécènes : je suis leur « bonne conscience », quelqu'un qui contribue à faire régner la paix sociale. Les gens auxquels on donne de l'argent sans rien exiger d'eux en contrepartie sont rarement ceux qui mordent. C'est pourtant leur arrogance, leur malhonnêteté, et aussi ce qu'ils ont fait à mon père, qui me poussent à être ce que je suis : un profiteur du système.

Le 21 mai 1981, lors de la cérémonie d'investiture de François Mitterrand au Panthéon, ma mère a acheté trois douzaines de roses. Elle était contente de voir la gauche passer et je crois que mon père commençait à partager ses opinions. Des roses, il y en avait partout : piquées dans de la mousse dans un panier d'osier au milieu de la table ; posées dans nos assiettes ; voluptueuses en bouquet sur le bahut. Après les années de Gaulle, le règne de Pompidou et un Giscard très content de lui, l'arrivée de la gauche au pouvoir nous semblait être une bonne nouvelle. Les choses allaient sûrement changer... en mieux. J'aurais pu voter pour Mitterrand, je ne l'ai pas fait. En réalité, je ne me suis jamais inscrit sur les listes électorales. Avec le recul, je considère que j'ai bien fait. Quand Chirac est passé en 1995, après quatorze ans de socialisme, j'ai trouvé à nouveau que c'était une bonne chose. J'étais curieux de voir ce que ce monsieur allait faire. Étais-je particulièrement versatile ? Pas plus qu'eux en tout cas. Parce que ça a vraiment été bonnet blanc et blanc bonnet. L'économie continue de se dégrader. Eux s'accrochent à leur poste, et moi à mes allocations.

Certains matins, lorsque je me rends à une convocation de l'ANPE, je me sens comme ces hommes politiques en représentation qui sont prêts à tout pour marquer des points dans les sondages. J'enfile mes habits de lumière, j'arbore un sourire de façade, j'ai mon discours bien préparé dans la poche. Voici ce que cela donne.

« Je ne comprends pas, vous avez l'air très bien. Vous êtes intelligent, vous avez des diplômes, un peu d'expérience. Comment se fait-il que vous ne trouviez pas de travail ? »

Nous sommes fin août 2004. Le conseiller de l'ANPE, le énième en vingt ans et quelque, me jauge, étonné. J'ai bonne mine. Mon dossier, comme d'habitude, est parfait – beaucoup de lettres envoyées, presque autant de réponses négatives. Voilà quinze minutes que nous discutons des difficultés de réinsertion des chômeurs, de l'actualité : il y a eu quelques émeutes aux Minguettes, dans la banlieue sud-est de Lyon, des voitures ont brûlé. On parle aussi des derniers films sortis ; j'ai bien aimé *San Antonio* avec Frédéric Auburtin et *Cause toujours* de Jeanne Labrune ; lui aussi. Compte tenu de ma situation, le conseiller est épaté que je m'intéresse à tout : vif comme un gardon, et pourtant toujours Gros-Jean comme devant sur le marché de l'emploi. Il n'en revient pas de mes efforts et de la poisse que je traîne. C'est un gentil garçon, jeune, ouvert, décontracté, les cheveux un peu longs. De temps en temps, furtivement, il se rafraîchit le visage avec un brumisateur d'Évian.

Dehors, il pleut à torrents. On est fin août, et pourtant, à cause de la pluie peut-être, les radiateurs sont branchés. Je rêverais de lui emprunter son brumisateur. Comme lui, je crève de chaud. Chauffer fin août, c'est une curieuse idée. Il est vrai que l'ANPE n'en est pas à ça près. Mon conseiller est plein de bonne volonté. Il consulte ses fiches, il est désolé, il n'a vraiment rien pour moi.

J'exulte intérieurement. J'ai très bien joué ma partie. En dehors de Johnny Hallyday – dont je suis un fan absolu : j'ai cent cinquante disques de lui à la maison – et des chansons de Jacques Dutronc, j'aime aussi beaucoup le jazz. À chaque rendez-vous, c'est réglé comme du papier à musique. Je me prépare comme si j'allais donner un concert. Le costume d'abord, obligatoirement passe-muraille. Un vieux jean, mais impeccable, avec un pli au milieu. Un tee-shirt usagé, surtout pas de marques ! Des chaussures neutres et propres, généralement des baskets, une vieille veste en laine. Quelle que soit la saison : en hiver, ça fait soigné mais fauché ; en été, comme maintenant, ça fait pitié. Les pauvres, c'est connu, ont toujours froid : parce qu'ils ont faim et qu'ils ont peur. La vieille veste, j'ai eu tout le temps de le constater, ça marche à tous les coups. Ça apitoie mes interlocuteurs. J'ai un autre truc : les lunettes. Je suis myope, astigmate et bientôt presbyte. À chaque rendez-vous, je ressors une vieille paire d'il y a dix ans ; une monture à la Yves Mourousi lorsqu'il présentait le journal télévisé dans les années 80. La monture est blanche, encore plus ringarde que celle qu'il portait, et les verres extraordinairement épais. J'ai l'air d'une vieille chouette. Je prends dix ans d'un coup. Le conseiller est d'autant plus conciliant : il signe un avis favorable au renouvellement de mes allocations.

Une centaine de mètres plus loin, l'Alfa Romeo m'attend. Je retire mes lunettes de vieux beau miro, je me détends : bien joué encore une fois. Si je n'avais pas une telle vocation pour le chômage, je tenterais ma chance sur les planches. Comédien, c'est bien aussi comme métier.

Je devrais avoir honte, mais non : ni honte ni remords. Est-ce que Mitterrand a eu honte quand il a laissé une barbouze gaulliste, Robert Pesquet, commettre l'attentat de l'Observatoire pour faire remonter sa cote dans l'opinion publique ? Non. Il a trempé dans beaucoup d'affaires sans jamais être directement inquiété. Sous Chirac, pareil : cassette Méry, fausses factures et « frais de bouche » pour la compagnie ! Alors, qui va me faire la morale ? En tout cas pas eux.

Je ne passe pas ma vie le nez sur mon nombril : les débats sur la législation sociale ne sont pas les seuls à m'intéresser sous prétexte qu'ils me servent à défendre mes intérêts. La politique me passionne également. Je suis régulièrement les débats des hommes politiques à la radio. Je n'en manque jamais un non plus à la télévision. Chaque mardi et chaque mercredi, je regarde les débats à l'Assemblée nationale. Si je dois m'absenter, je les enregistre et je ne manque jamais de les visionner le lendemain matin. Tout m'intéresse : la façon dont les intervenants parlent, leurs simagrées – ma panoplie de chômeur lors de mes rendez-vous à l'Agence pour l'emploi est bien peu de chose par rapport à la malice qu'ils déploient.

Je fais les comptes aussi. Si, moi, j'ai « extorqué » 120 960 euros à l'État, les affaires comme Clearstream brassent entre 700 millions et 1,5 milliard d'euros, soit entre 2 % et 5 % du PIB mondial.

C'est aussi à eux que je pense en rédigeant ce livre. À ces intouchables qui nous prennent de haut et se conduisent sans vergogne. À chaque nouveau scandale, on les retrouve toujours occupés à nous expliquer qu'ils travaillent au bonheur des Français. Les instituts de sondages volent généralement à leur secours : comment expliquer autrement les statistiques qu'on nous a servis, fin juin 2006, concernant la diminution du nombre de chômeurs ?

Il n'y en avait plus que 2,18 millions, soit deux cent dix mille de moins qu'en mai 2005 : 9,1 % au lieu de 10,2 %. Un vrai miracle auquel je ne crois pas une seconde. La vérité, c'est qu'il y a beaucoup plus de RMistes qu'avant : 1,2 million en 2005, et sans doute plus cette année (il n'y en avait que cinq cent mille en 1990 !). Ce sont d'anciens chômeurs qui ont basculé vers cette aide. L'ANPE les a rayés de ses statistiques. Très efficace, l'ANPE, pour ce genre de petits arrangements avec les chiffres.

Pendant ce temps, d'ailleurs, d'autres études tempèrent l'optimisme du sieur Villepin. Le même jour exactement, deux études de l'Insee révélaient que le moral des ménages avait chuté de trois points et que plus d'un million de salariés étaient obligés d'avoir plusieurs employeurs pour joindre les deux bouts.

Tous ces chiffres m'intéressent. J'ai l'air cynique du type qui prend tout et ne donne rien, je suis pourtant sensible à la misère autour de moi. En 2003, 3,6 millions de personnes en France vivaient en dessous du seuil de pauvreté, c'est-à-dire qu'elles touchaient moins de 645 euros par mois lorsqu'elles étaient seules et moins de 900 lorsqu'elles étaient en couple mais sans enfant. 3,6 millions de personnes, c'est beaucoup, non ? Sur le papier, je fais partie de ces gens, mais je l'ai voulu, c'est mon choix, et je me débrouille avec ce que j'ai. Mais eux, est-ce qu'ils se débrouillent ?

Alors, il y a l'argument habituel : si je travaillais, ce serait autant que l'État pourrait verser à d'autres. En fait, je n'en suis pas si sûr. Depuis décembre 2005, une circulaire précise que les dossiers des chômeurs doivent être suivis plus régulièrement et de manière beaucoup plus fouillée. Soit. Ce que je sais, c'est que mon dernier rendez-vous à l'ANPE date du 17 novembre 2005 et que mi-juin 2006, sept mois plus tard, je n'ai pas reçu la moindre convocation. Pourquoi serais-je plus royaliste que le roi ? Parfois, je me dis qu'un jour, quelqu'un mettra vraiment son nez dans mon dossier et que, ce jour-là, je n'aurai plus qu'à m'inscrire au RMI. Mon salaire chutera un peu. Assez peu en réalité. Surtout, j'aurai l'impression d'avoir perdu contre l'État : je n'aime pas l'idée de devenir RMiste. C'est une question de statut. Je préfère être chômeur, c'est ma fierté.

En attendant, je profite. J'espère même profiter le plus longtemps possible. Pourtant, je suis curieux de voir les réactions de mon employeur, le ministre des Affaires sociales pour commencer, Jean-Louis Borloo, qui me traite si généreusement. Sans oublier celles de mes collaborateurs indirects : les conseillers de l'ANPE et les cadres des Assedic. Évidemment ils diront que c'est un scandale, que je suis une exception, un cas à part. Mais ils savent bien que c'est faux.

4.

L'enfance de l'art

J'avais dix-huit ans lorsque j'ai quitté ma résidence familiale pour m'installer à Roanne. Là, un paradis inconnu me tendait les bras. Le décor était fruste : des murs gris, des chaises bancales, un seul guichet. Ça sentait le détergent bon marché, la Javel mal rincée, ça respirait le laisser-aller.

J'ai laissé de côté mes haut-le-cœur d'enfant gâté ; chez mes parents – c'est toujours le cas chez moi maintenant –, on pouvait « manger par terre ». J'ai oublié le gris des murs et l'odeur âcre de la pauvreté. Je n'étais pas venu pour ça. Déscolarisé et sans travail, je venais aux nouvelles : qu'est-ce qu'un type comme moi pouvait espérer de l'ANPE ? Avais-je droit à des aides ? Pouvais-je devenir chômeur, même sans avoir travaillé ? Ça vous paraît bizarre qu'un jeune de dix-huit ans pousse la porte d'une administration dans l'espoir de se faire « subventionner » ? Début 80, c'était peut-être un peu atypique : on s'y mettait plus tard, aux alentours de vingt-cinq ans, quand on avait déjà fait plusieurs fois le tour du cycle boulot-dodo. J'avais de l'avance. Aujourd'hui, je suis sûr qu'ils sont des milliers à rêver, comme je le faisais en 1980, de se tourner les pouces le plus tôt possible en touchant des allocations. Disons que j'étais un pionnier.

Je me souviens, comme disait Georges Perec, de ce 2 janvier 1980. Je me souviens de la femme qui m'a reçu, seule au milieu de toute cette crasse, reine malgré elle de cet endroit sans couleurs puisqu'elle en était l'unique représentante. Je me souviens de sa blondeur, de ses longs cheveux soyeux, de sa taille fine, d'un col roulé moulant rouge vif qui affinait encore sa silhouette et rendait son port de tête impérial. Je me souviens de sa douceur, de sa voix basse et chaude à la fois. Je me revois, unique visiteur un peu bégayant recevant les sacrements du service public.

C'est ainsi que je me remémore cette première visite : un premier communiant entendant la parole de son nouveau dieu, un Dieu d'amour qui se mettait en quatre pour que ses ouailles n'aient plus à se repentir du péché originel ; qu'elles puissent enfin vivre en paix sur terre en contemplant ses créations.

Je suis profondément croyant. J'aime m'attarder sur les paysages, penser que des générations et des générations les ont contemplés avant moi et qu'elles dorment désormais paisiblement réunies dans l'éternité. Je suis allé au catéchisme. Pour moi, Dieu a une barbe blanche, il est dans un champ. Dans ce champ, il y a des coquelicots, et des marguerites. Des animaux gambadant gaiement : des agneaux, des moutons, des vaches aux yeux ronds et tendres, il y a aussi des chiens et des oiseaux. Dieu est un homme bon, il ne nous veut que du bien. J'ai toujours refusé l'idée de devoir payer pour une faute – laquelle ? – que je n'ai pas commise.

Donc, en ce 2 janvier 1980, cette femme, désormais sacrée, est devant moi.

« Comment vous appelez-vous ? »

Je donne mon nom.

« Quel âge avez-vous ?

– Dix-huit ans et douze jours. Je suis né en 1961.

– Que faites-vous ?

– Rien.

– Rien ?

– Rien. J'ai quitté l'école début décembre. Ça ne m'intéressait pas.

– Ça ne vous intéressait pas ?

– Non, ça ne m'intéressait pas.

– Qu'étudiiez-vous ?

– Je faisais un BEP d'électricien en bâtiment. Je n'aime pas le bâtiment, je n'aime pas me salir, je déteste le froid.

– Mais alors, pourquoi cette orientation ?

– Je voulais faire électronique, j'adore l'électronique. Il n'y a pas de section électronique à Roanne et je ne voulais pas quitter ma mère.

– Vous aimez votre mère ?

– Oui, beaucoup.

– Que font vos parents ?

– Mon père tient un commerce. Ma mère l'aide.
– Avez-vous des frères et sœurs ?
– Trois sœurs aînées, dont des jumelles. J'ai aussi deux frères.
– Que font-ils ?
– Ma sœur de vingt-quatre ans est employée de mairie. La deuxième, vingt-deux ans, fait le tour du monde. La troisième, sa jumelle, est assistante maternelle dans une école. Un de mes frères est à l'armée. L'autre est apprenti ébéniste.
– Ça vous plaît ce qu'ils font ?
– Non.
– Vous êtes attaché à eux ?
– Non. La seule personne qui compte pour moi, c'est ma mère.
– Vous, qu'aimeriez-vous faire ?
– J'aurais aimé étudier plus longtemps. Pousser jusqu'au bac. Sans me vanter, j'étais bon élève. Toujours premier en électricité et en électronique. Dans ma classe, j'étais parmi les meilleurs.
– Pourquoi avoir quitté l'école alors ?
– Je n'aime pas les matières au programme, je déteste mes camarades, ils sont prétentieux, ils se prennent déjà pour des chefs d'entreprise. Je déteste me geler sur ma mobylette pour aller au lycée qui est à vingt kilomètres de là où j'habite, et je déteste encore plus l'idée de les croiser si je prends le car de ramassage scolaire.
– Quel travail avez-vous envie de faire maintenant que vous avez arrêté vos études ?

– Je ne sais pas. Dépannage télé, hifi, vidéo. J'aimerais faire un break avant de commencer.

– Un break ? Mais vous n'avez jamais travaillé ! »

Elle plonge son regard dans le mien, effarée. Je suis un peu d'accord avec elle : c'est consternant. Mais qu'est-ce que j'y peux si j'ai si peu de désir pour le travail ? Je n'ai pas commencé à y goûter que je sais déjà que c'est un esclavage. L'histoire de ma famille peut-être ? Je ne veux pas de la vie qu'ont eue mes parents et mes grands-parents. Des vignerons du côté de mon père, des paysans du côté de ma mère. À douze ans, Jeanne, ma mère, labourait les champs seize heures par jour en sabots. Parfois, ses sabots se fendaient, elle terminait les pieds en sang. À seize ans, elle est partie à la ville travailler en usine, piqueuse et brodeuse dans une grande entreprise de textile. La ville, de vraies chaussures, plus de père pour lui aboyer des ordres, et des horaires fixes : elle s'est crue heureuse. Pauvre maman. Il ne lui serait pas venu à l'idée de s'inscrire au chômage. Est-ce qu'en 1980, avant mes premières diableries, elle connaissait seulement le mot ?

« Vous rêvez ? À quoi rêvez-vous ? »

Derrière son bureau de l'ANPE, la jolie blonde au col roulé rouge qui vient d'écouter le bilan de ma très courte vie est attentive. Je rêve, oui, je rêve. Je rêve de ne rien faire. Comment faire pour ne rien faire ? Elle rit aux éclats. Ma question lui paraît si incongrue.

« Pardi ! répond-elle, il faut commencer par travailler ! »

En sortant du rendez-vous, plus d'une heure après, je suis assommé. Elle m'a tout expliqué. Longuement. Patiemment. Sans avoir jamais travaillé, même pas l'été, même pas quinze jours pendant les vacances, je n'ai droit à rien.

J'ai rempli mon dossier d'inscription : nom, prénoms, études. Au moins une bonne chose de faite. Me voilà officiellement demandeur d'emploi. La poisse, quoi ! Penser qu'il va falloir recommencer à mettre mon réveil le matin, grelotter de froid sur ma mobylette pour aller passer huit heures chez un employeur – je me demande bien lequel d'ailleurs –, ça me rend malade. Ça ne durera pas longtemps, quelques mois sans doute. Car il y a un tarif d'entrée à l'ANPE : six mois. C'est ce que m'a dit la conseillère de l'agence. J'espère qu'elle se trompe. Mais après ? Combien de vacances ? Elle est restée vague.

Quand même, six mois. Et à quoi faire ? Je lui ai pourtant dit, à cette femme, que je n'étais bon à rien. L'ébénisterie ? Je connais, je n'aime pas : trop de poussière, je fais des crises d'asthme. L'électricité dans le bâtiment ? Plutôt mourir tout de suite. Moi, ce que j'aime, c'est traîner tranquille chez moi.

Les jours passent. Je n'ai pas le courage d'ouvrir un journal. Pas envie de lire les petites annonces. Complètement déprimé, je me fais des films : je gagne au Loto, je nous achète, à ma mère et à moi, une maison au bord de la mer ; de la maison, on voit des rosiers et des bougainvilliers, plus loin des palmiers ;

un petit escalier descend vers l'eau ; un canot se balance doucement autour d'un anneau ; nous partons vers une île au large, un panier rempli de victuailles – un pâté de viande qu'elle a confectionné la veille, une grosse salade et un baba au rhum, mon dessert préféré ; je rame paisiblement en fredonnant une chanson tandis qu'elle contemple le paysage ; nous accostons ; les lauriers sont en fleur ; j'en accroche une à son corsage ; elle rit ; nous sommes bien. Fin du film.

Je suis de nouveau chez moi à broyer du noir. Sans emploi et sans ressources. Et même pas l'idée d'aller l'acheter, ce billet de Loto gagnant. Trop fatigué.

Et puis, j'ai fini par émerger du cauchemar. J'avais l'impression que la femme au pull rouge ne m'avait pas tout dit. À Roanne, il existe, rue du Maréchal-Foch, une librairie spécialisée que fréquentent les étudiants en médecine et en droit. Consciencieux à ma façon, j'espérais y trouver ce qui m'intéressait : un ou deux ouvrages concernant les droits et les devoirs du demandeur d'emploi. Bonne intuition. À force de fouiner, j'ai déniché deux numéros du *Reader's Digest* entièrement consacrés au sujet. Le premier traitait des allocations chômage. Le deuxième récapitulait les aides financières offertes par l'État. Bingo. Dans la librairie, je ressemblais à un ours qui serait tombé sur un pot de miel !

Précieux livres. Je les ai potassés pendant trois jours.

Première information, pas la plus réjouissante : je devrais effectivement travailler six mois pour toucher des allocations. Deuxième nouvelle, très bonne celle-là : au terme de ces six mois, je bénéficierais d'une allocation chômage de deux ans ; une année de base et une année de fin de droits. Deux ans de congés payés ! Les revues précisaient aussi qu'en tant que futur chômeur, j'avais droit à des aides parallèles : allocations logement, primes exceptionnelles, exonérations d'impôts, réduction de la taxe d'abonnement au téléphone, et j'en passe.

Je venais de découvrir la première règle qui fait le bon chômeur, une règle d'or que j'applique encore aujourd'hui : pour profiter à plein régime des avantages offerts aux demandeurs d'emploi, il faut les connaître parfaitement, s'informer le mieux possible et ne compter que sur soi. Au fil des années, j'ai dû constater que les employés de l'ANPE en savaient moins long que moi. Chômeur professionnel, c'est vraiment un métier.

Avant de chercher un emploi – puisqu'il le fallait –, je décidai de m'offrir un moment de décompression. Quatre mois, le temps qu'il fasse moins froid. L'ANPE ne me donnait pas souvent signe de vie : peu de rendez-vous, aucune proposition d'embauche. Finalement, la situation se présentait mieux que je ne pensais. Car j'étais inscrit sous la profession « électricien du bâtiment », et pas question pour moi de travailler dans un autre secteur ou d'accepter un autre emploi !

Les quatre mois ont filé gaiement. Mes parents se montraient conciliants – jamais un reproche, jamais une réflexion. J'avais même de l'argent de poche. Je dormais le matin, j'écrivais des chansons l'après-midi, un de mes hobbies. Je voyais mes copains, le soir, quand ils sortaient de l'école.

Ceux qui travaillent pensent à tort qu'un chômeur s'ennuie, qu'il tourne en rond sans savoir quoi faire de ses journées. Bien au contraire : le temps passe à toute allure. Pas de contraintes, pas d'horaires, pas d'obligations, on lézarde au lit, on s'attarde sur un rien, un paysage, le chant d'un oiseau, une émission à la radio. La liberté est une complice qui ne compte pas ses bienfaits et encore moins ses heures. Et puis, je n'avais que dix-huit ans, un âge où l'on se distrait facilement. Les premiers flirts, les virées entre copains, les premières cuites. J'ai conservé des photos de cette époque. J'ai une coupe au bol comme les hippies, je porte ma guitare en bandoulière et je pose dans les champs avec mes copains. On se croirait à Woodstock.

5.

La clé du paradis

« En mai, fais ce qu'il te plaît », dit le bon sens populaire. Pour une fois, je me forçai. Mais il le fallait. Alors, j'ai tenu ma promesse : j'ai cherché un travail. Merveilleuses années 80. Tout était simple à cette époque. Au bout de deux semaines seulement, j'ai trouvé une annonce un peu plus séduisante que les autres : un poste d'agent de surveillance dans une centrale nucléaire. Gardien, ça paraissait tranquille. Quelques jours à peine après y avoir répondu, j'étais convoqué. J'ai joué le garçon motivé et plein d'ambition. Sans doute mes deux années d'études en électricité ont-elles joué en ma faveur : toujours est-il qu'une semaine plus tard, j'étais engagé pour un premier contrat de trois mois. J'étais officiellement affecté à la centrale nucléaire de Blis, à côté de Lyon. Les horaires étaient durs : 9 heures du soir-6 heures du matin, six nuits sur sept par semaine, dimanche et jours fériés compris, soit cinquante-quatre heures de travail, et parfois plus. Mais la paie était bonne. J'ai aussitôt fait mes calculs : si je tenais six mois, trois mois de plus que ne le stipulait ma feuille d'embauche, ma future indemnité chômage promettait d'être confortable. Le poste exigeait des sacrifices : quitter provisoirement ma mère pour aller habiter chez l'une de mes sœurs, plus proche de la centrale, alors qu'elle-même vivait depuis peu séparée de mon père, parti camper dans un petit appartement qu'il louait au-dessus d'un de ses magasins. C'est la seule fois où nous avons vécu si loin l'un de l'autre.

Drôle de façon d'entrer dans la vie active ? Sans doute. Mais ça a assez bien marché. Moi, si paresseux, c'est un 1er mai, jour de la fête du Travail, à 21 heures, que j'ai entamé ma courte carrière à EDF. En me rendant pour la première fois à la centrale, j'agitais des pensées confuses : bonheur de mettre la première pierre à l'édifice que j'espérais construire, mais aussi petit pincement au cœur à l'endroit de l'enfant que je ne serais plus jamais et aigreur à l'égard de l'étudiant que j'aurais pu devenir.

Arrivé sur place, un gardien m'attendait. Fini de rêver. On m'a remis un badge et on m'a pris en main. Le travail n'était pas trop éprouvant. La surveillance de la centrale s'effectuait en binôme : l'un des deux gardiens avait la charge de noter les allées et venues des employés en portant leur nom sur un cahier ; l'autre assurait les rondes. Chacune d'elles durait environ quarante-cinq minutes. Seul problème : on devait en effectuer plusieurs par nuit. On m'a remis une clé et un talkie-walkie. La mission avait quelque chose d'absurde : la clé, je devais la tourner dans des boîtes installées un peu partout dans les bâtiments (preuve sans doute que j'avais correctement effectué mon travail) ; le talkie-walkie servait juste à signaler à mes chefs qu'il n'y avait rien à signaler. Un boulot de Shadok, mais bon, pour démarrer dans la carrière, c'était mieux que rien.

À la centrale, on tournait donc des clés dans des boîtes – une seule clé, beaucoup de boîtes –, on parlait dans le talkie-walkie – « OK, chef, RAS » –, on marchait, on marchait. Un tour de clé dans la boîte en face de nous, un RAS, et ainsi de suite jusqu'à la fin de la nuit. Tous les jours. C'était tellement bête que ça en devenait marrant. Il y avait aussi le retour de son du talkie-walkie dans le poste de surveillance, comme dans un jeu de gamins, un film à la Chaplin, un gag dans la droite ligne de *La Minute nécessaire de monsieur Cyclopède* de Pierre Desproges. Tant d'indigence me ravissait. Je retombais en enfance, je prenais des poses dans les couloirs, je roulais des mécaniques, je jouais John Wayne, j'imitais Roger Moore dans *L'espion qui m'aimait.* Finalement, je m'amusais comme un fou.

Le gardien avec lequel je partageais mes nuits folles se marrait autant que moi : nous avions le même âge, le même humour. Les nuits passaient tranquillement : on écoutait la radio, bon truc pour rester éveillés, on lisait un peu, on discutait encore moins. Pas très causants ni l'un ni l'autre. Puis l'un de nous repartait effectuer sa ronde : clac, la clé dans la boîte et toujours RAS. De temps en temps, le chef de poste, un ancien militaire, venait nous rendre visite – vérifier, en réalité, si on ne s'était pas endormis. Un technicien montrait patte blanche.

Blis était une centrale sans problème. Pas de vols de matériel, pas d'intrusions intempestives, jamais de problème technique. Une centrale idéale où l'on n'avait pratiquement personne sur le dos. Un endroit rêvé pour un allergique au travail.

Contrairement à beaucoup de gens, le nucléaire ne me donnait pas d'états d'âme (je n'en ai toujours pas aujourd'hui). Je trouvais très drôle de passer sur le noyau en faisant mes rondes. J'étais hilare et pleinement rassuré, prêt à rempiler pour trois mois. Je consacrais à l'époque la plupart de mes après-midi à apprendre à conduire. Un permis, c'est utile quand on est chômeur.

Mon contrat de trois mois terminé on me l'a tout de suite renouvelé pour une durée équivalente. Je savais qu'il allait falloir désormais jouer serré : un autre renouvellement ou, pire, l'obtention d'un CDI, et c'était la catastrophe. La boîte et les RAS murmurés sur un ton de conspirateur, ça allait un moment, mais il ne fallait pas non plus en abuser. Ma règle à présent : ne plus faire de zèle, mais ne pas me mettre non plus dans mon tort. Un licenciement pour faute aurait gâché mes chances aux Assedic. Ma nature paresseuse m'a aidé. J'avais été correct depuis le début : pas de sorties, pas de copines, pas de folies. J'avais beau aimer mon copain gardien et m'amuser de la situation, je n'étais pas un parfait Shadok. Mon univers me manquait, d'autres sortes de nuits blanches, d'autres sortes de matinées au lit. Trois mois supplémentaires de ce régime représentaient vraiment le maximum de ce que je pouvais endurer.

Le monde du « vrai » travail marche-t-il ainsi ? Lorsqu'un employé commence à s'ennuyer à son poste, les patrons améliorent-ils son sort ? J'ai trop peu d'expérience pour émettre un jugement. Toujours est-il qu'en août, mon deuxième contrat en poche, mes fonctions avaient un peu évolué. J'étais passé à de nouveaux horaires : je continuais de faire les nuits mais j'en faisais moins, et il m'arrivait désormais de travailler le matin, de 5 heures à 13 heures. Le travail aussi était différent : depuis que j'avais obtenu mon permis – car je l'avais eu du premier coup –, on me laissait faire des rondes à l'extérieur à bord d'une Méhari décapotable. Autres fonctions, autres plaisirs. Nous n'étions plus chez les Shadoks, mais en plein safari. L'heure était désormais à la chasse aux lapins qu'on traquait, avec mon collègue, toujours le même et lui aussi promu, en les aveuglant avec les phares de la voiture. Pas bien malin, je vous le concède, mais nous étions si jeunes. Ma chienne Foxie, un berger allemand que j'avais ramené de chez ma mère et qui m'accompagnait parfois dans ces rodéos avec la bénédiction de mes employeurs, se chargeait d'achever les pauvres bêtes. Je n'ose pas énoncer le nombre de civets que nous avons mangés cet été-là.

Il arrivait aussi que l'on nous demande de faire visiter la centrale à des invités de marque. On voyait du beau monde, de très belles femmes surtout, sans doute les épouses de grands pontes. Comme la Méhari est une voiture assez haute sur roues, pour en descendre elles étaient obligées de remonter un peu leurs jupes. On admirait le galbe de leurs mollets, leurs cuisses fines et nerveuses, on respirait leur parfum. Ça nous changeait de la routine.

Août est passé, puis septembre. Je commençais à m'ennuyer. Peu à peu, je baissais la garde : je m'endormais parfois à mon poste la nuit, j'arrivais en retard. Un chef me surprit plusieurs fois en train de jouer de la guitare. Je me laissais aller. Ras le bol de ne plus voir mes amis, d'être en perpétuel décalage avec eux.

Beaucoup de gens, je le savais, considéraient que mon travail était une planque. C'en était une, en effet. Et plutôt sympathique : bonne paie, chefs cool, collègues avenants et fous rires garantis. Mais je ne souhaitais pas m'éterniser. Je gardais mon cap. Barre au soleil toute, je voulais retrouver enfin ma liberté et entrer dans le royaume chômé qui me tendait les bras. Vivre, bon sang ! Vivre !

25, 26, 27, 28 octobre. Plus les jours passaient, plus l'échéance approchait et plus je paniquais. « Mon Dieu, mon Dieu, faites qu'ils ne reconduisent pas mon contrat. » Le 29, à 3 heures de l'après-midi, enfin, j'étais convoqué au service du personnel. Je venais de terminer mon service. Je n'en menais pas large. Et si, malgré tous mes efforts de ces derniers mois, il était renouvelé, ce contrat ? Je croisais les doigts, je marchais en zigzag pour éloigner le mauvais sort, je me racontais des trucs idiots : si, à dix, j'avais dépassé le premier bâtiment, mon contrat n'était pas reconduit – un, deux, trois, quatre... dix, ouf ! j'avais réussi l'épreuve ; si le soleil réussissait à percer les nuages après que j'ai compté jusqu'à vingt en fermant les yeux, j'étais viré ; si le directeur des ressources humaines portait des mocassins, c'était bon, il me jetait ; s'il portait une cravate rayée, c'était fichu, il me gardait...

J'arrivai devant son bureau, le cœur battant à me crever les tympans. Je frappai. « Entrez ! » J'ouvris la porte. Mauvais présage : il avait des mocassins aux pieds mais sa cravate était à rayures, de grosses rayures jaunes très moches. Je serrai les poings, mes ongles me rentraient dans les paumes des mains tellement j'étais crispé ; je sentais la sueur dégouliner dans mon dos, j'avais une incroyable crampe au ventre. Tic-tac tic-tac, il me semblait être assis sur une bombe.

Il m'a invité à m'asseoir. J'ai retenu mon souffle. Il s'est raclé la gorge. Cette attente, à force, devenait insupportable...

« Écoutez, m'a-t-il dit, vous êtes un très bon employé, je suis content de votre travail et de votre assiduité... »

En mon for intérieur, je me renfrognai : « Assiduité, tu parles, ça fait des jours que j'arrive en retard. » Et je priai : « Mon Dieu, faites qu'il dise : Mais... »

« Mais... » a-t-il repris.

Il l'a dit !

« ... Mais je ne peux pas renouveler une troisième fois votre contrat. Croyez que j'en suis infiniment peiné. L'État nous demande de faire des coupes dans les budgets, nous ne pouvons malheureusement pas faire ce que nous voulons. Vous trouverez sûrement un autre poste, vous êtes un garçon sérieux. »

« Yes ! Sauvé ! » Malgré ce qu'il disait, j'étais presque certain qu'il n'y avait pas plus de coupe dans les budgets que de beurre en branche. Mes retards avaient sûrement joué en ma faveur. Il continuait son discours ; de bonnes paroles que je n'écoutais plus. Je me détendais.

J'ai pris une mine de circonstance : l'air déçu, presque amer. Comme si je venais de prendre un coup de massue sur la tête. On s'est quittés froidement, lui onctueux, moi faussement accablé. Une fois dehors, j'ai éclaté de joie. J'ai même couru dans la centrale, les bras levés, les doigts faisant le V de la victoire. Pour un peu, je serais allé embrasser les chefs du poste de surveillance.

Il n'y avait pas de temps à perdre. Le 1er novembre, quoique peu matinal, je sautai du lit, fonçai sous la douche, expédiai mon petit déjeuner, enfilai un jean, un tee-shirt, un pull confortable et un blouson. Une demi-heure plus tard, j'étais au volant de ma voiture, en route pour toucher ma récompense : j'avais rendez-vous avec l'ANPE. J'étais comme un amoureux qui se rend à son premier rendez-vous, heureux, fiévreux, exalté.

En cette belle matinée d'automne, je roulais dans une Autobianchi puissante que je poussais à fond. C'était une occasion que j'avais rachetée à crédit – vingt-quatre mensualités – à mon beau-frère. Je portais des Ray-Ban teintées adaptées à ma vue, qui m'avaient coûté une petite fortune. La radio marchait à plein tube. J'avais l'air d'un type friqué en vacances. Un minet de province avec ses pièges à filles et son joujou extra qui avait envie de faire « crac boum hu !!! ».

Arrivé à Roanne, j'ai pris soin de garer la voiture à l'écart de l'agence. Ç'aurait été le comble qu'aussi fraîchement licencié, on me trouve aussitôt un nouveau travail sous prétexte que je disposais maintenant d'un moyen de locomotion. La chanson de Jacques Dutronc me trottait toujours dans la tête. J'ai dû faire un gros effort de concentration pour la chasser de mon esprit et ravaler mon sourire. En marchant, je m'exerçais à prendre une mine de circonstance. Ne pas montrer ma joie, ne pas me laisser aller à des débordements indécents. Après tout, je venais de perdre mon job. J'étais censé être très embêté. Sonné. N'importe qui de « normal » l'eût été à ma place.

La jolie blonde en rouge n'était pas au guichet.

C'est un homme qui m'a reçu, la quarantaine, chauve, pas trop bien embouché. J'ai dû lui exposer ma situation : licencié, sans formation. L'interrogatoire recommençait, moins plaisant que le premier. J'ai rempli un nouveau dossier d'inscription. Il m'a tendu un autre formulaire, celui des Assedic. Je n'étais plus le godelureau du début de l'année. Désormais, j'étais un travailleur qui avait perdu son emploi et que l'État allait aider dans son épreuve. Un être brisé par la vie à qui la société allait donner un sérieux coup de main momentané.

Depuis des mois, je comptais et recomptais ce à quoi j'avais droit : six mois de paie à plus de 6 133 francs par mois me garantissaient 5 519,70 francs d'indemnités mensuelles, soit 90 % de mon salaire jusqu'en novembre 1981, puis environ 3 000 francs jusqu'en novembre 1982. C'est à Chirac que je devais cette faveur. C'est lui qui avait décidé d'augmenter le plafond des allocations à 90 % lorsqu'il était Premier ministre, de 1974 à 1976.

Devant l'homme du guichet, j'ai fait l'ignorant, le parfait paumé. J'ai dû être convaincant. Plus les minutes passaient, plus il s'humanisait. Il m'a expliqué très gentiment les démarches qu'il me restait encore à accomplir : guetter la réponse des Assedic dans ma boîte aux lettres, renvoyer un RIB, surtout ne pas oublier d'affranchir ma lettre, vérifier que l'argent arrivait bien sur mon compte... Oui, ça, c'était important en effet.

Il a ensuite pris le temps de calculer grosso modo la somme que j'allais percevoir (calculs néanmoins moins fins que les miens). Puis il a brièvement feuilleté son fichier pour voir si, par miracle, il pouvait me trouver un nouveau job. Mais non, rien. Encore une frayeur.

Cette expérience devenait passionnante. À ce stade des opérations, c'est-à-dire au moment du licenciement, les gens de l'ANPE ont d'autres chats à fouetter que de vous remettre aussitôt sur le marché : les fins de droits passant en priorité, ils ont trop de dossiers brûlants sur les bras. Ensuite, plus vous vous montrez poli, gentil, ignorant et perdu, plus l'homme de l'art se montre arrangeant. On gagne à tous les coups à flatter un conseiller de l'ANPE : on lui donne de l'importance ; et tel le corbeau de la fable de La Fontaine face au rusé renard, ainsi gonflé du sentiment de sa supériorité, il lâche le formulaire qui fera tomber les allocations dans le bec de celui qui est en dessous. C'est ce qu'ils appellent le « modèle français ». Pourquoi pas, après tout ?

Finalement, entre le petit chauve et moi, ça avait bien collé. Celui-là, j'en étais sûr, n'était pas près de m'embêter avec des convocations inutiles. Quand on s'est séparés, il m'a paternellement tapoté l'épaule : « Vous verrez, jeune homme, la chance va vite tourner. Vous ne resterez pas longtemps sans rien faire. » Plus longtemps que tu ne crois, mon vieux.

Le soir, on a fêté l'heureux événement à la maison

avec ma mère et mes amis. Tout le monde se réjouissait de ma bonne fortune. Être chômeur au début des années 80, c'était un peu comme être hippie en 1970. Les gens n'y voyaient pas de mal. En ce qui me concernait, et me connaissant bien, mes copains étaient curieux de voir comment les choses allaient tourner. Combien de temps tout cela allait-il durer ? Ce bras de fer que j'entreprenais avec l'État les amusait.

Trois jours après ma visite à l'ANPE, je recevais comme prévu un courrier des Assedic m'informant que mon dossier était accepté. Le montant de mon allocation était exactement et au centime près celui que j'avais prévu : 5 519,70 francs. Je n'avais pas dix-neuf ans et l'État me servait déjà une rente. Vraiment, quel magnifique pays, la France ! Devant la glace, dans la salle à manger, je rentrai mes joues et roulai des yeux en pensant à l'honorable président Valéry Giscard d'Estaing alors en fonction. Les joues toujours bien creusées, j'ouvris bien grand la bouche comme lui lorsqu'il faisait des discours. J'imitai son accent snob : « Quâl mâ-gni-fique pâys, lâ Fran-ce !... »

6.

Comment écœurer les employeurs

Cela en fera sourire certains, fera grincer des dents à d'autres : je vois le chômage comme un art, une culture à part entière. En le pratiquant comme je le fais depuis si longtemps, j'en connais la beauté, j'en sais tous les arcanes. Je suis comme l'artiste devant l'œuvre à façonner, comme un peintre devant sa toile. Quelle matière pour tel support ? Quel type de pinceau ? Plutôt pinceau ou plutôt couteau ? Je veux que tout soit parfait, je suis d'une rigueur absolue. Vieilles réminiscences de mon père en train de travailler dans l'atelier de menuiserie ? Dès le jour où j'ai été admis aux Assedic, j'ai juré de me montrer digne de cette chance. Chômeur sans doute, mais chômeur irréprochable.

J'ai étudié les règles du jeu. Après m'être renseigné sur les avantages de ma condition, j'en ai appris les obligations. Ce n'est pas tout d'avoir son compte renfloué chaque mois à la banque, même cossard comme je le suis, il faut mériter son nouveau statut.

Les choses se mettent en place très facilement. Au

fond, c'est un peu comme lorsqu'on commence un nouvel emploi : plus l'on souhaite voir sa situation perdurer, plus on y met d'énergie, et plus on devient performant.

La première règle à respecter, très générale, consiste à systématiquement s'exécuter lorsque l'ANPE vous réclame d'accomplir telle ou telle démarche. Ne jamais laisser aller les choses à vau-l'eau, négliger par exemple d'aller chercher un recommandé à la Poste ou oublier d'ouvrir son courrier. Ce peut être fatal.

La deuxième est évidente mais ne supporte aucune défaillance : ne jamais omettre de pointer. Un seul oubli et vous êtes suspendu pour au moins un mois. À mes débuts, c'était à mes yeux l'aspect le plus pénible de la situation de chômeur. Se rendre chaque mois à Roanne pour signer le registre me coûtait plus que tout. Il fallait respecter les heures ouvrables, c'est-à-dire soit se lever tôt, soit se priver de sieste. Une fois devant l'agence, on était presque sûr de faire la queue une bonne vingtaine de minutes. Sans parler de la tête des gens qu'on croisait dans la file, certains, comme moi, agacés de perdre leur temps et donc assez mal aimables, d'autres, abattus, négligés, et à peine propres. Ceux-là étaient tristes comme un jour sans pain. Dans la queue, ils gardaient les yeux baissés, les poings fermés. Sans doute étaient-ils au bout du rouleau. On n'a pas très envie de voir ça lorsqu'on est jeune et insouciant. Je détestais ces journées de pointage.

Très vite, heureusement, le système a fait des

progrès. Fini de faire le pied de grue à l'agence pour apposer sa signature. À partir du milieu des années 80, l'ANPE s'est mise à nous envoyer directement un carton de pointage en fin de mois. Il suffisait désormais de le renvoyer dans le délai, deux ou trois jours après l'avoir reçu. C'était un formulaire tout ce qu'il y a de plus simple, avec plusieurs réponses à cocher mais à la portée du plus grand nombre. « Avez-vous retrouvé un emploi ? » Réponse : non. « Avez-vous travaillé quelques jours durant le mois qui s'est écoulé ? » Non. « Êtes-vous toujours à la recherche d'un emploi ? » Oui. On datait, on signait, sans oublier de coller un timbre – l'ANPE n'allait pas jusqu'à nous offrir l'affranchissement. Et la machine à payer se déclenchait.

Un peu plus tard, le pointage s'est encore modernisé. Aujourd'hui, on peut pointer par Minitel ou Internet. Ou encore appeler un numéro vert où une voix de synthèse pose les trois questions rituelles.

Personnellement, par convenance personnelle, je me contente du carton qu'on m'envoie par la Poste. Ma hantise : les mouvements sociaux. Il arrive souvent que les employés au tri débrayent sans prévenir. Bien sûr, ils ont aussi leurs droits acquis. Mais pendant quelques jours, je vis dans la terreur que mon courrier ne soit pas arrivé à bon port. Ainsi, toutes ces démarches qu'il nous faut accomplir, nous autres chômeurs, pour rester dans notre bon droit doivent être respectées. D'où la troisième règle, capitale. Quoique je préfère me considérer comme un chômeur indemnisé, l'ANPE a choisi une autre appellation pour moi : « demandeur d'emploi ». Ça sonne mieux à l'oreille. En tant que tel, elle attend de moi que je retrouve du travail. Chaque fois que l'ANPE donne un coup de main, c'est toujours le cas avec mon ASS, elle exige en contrepartie une « recherche active » d'emploi. Active : un de ses adjectifs préférés, qu'elle emploie à toutes les sauces et à tous les paragraphes. Prenez n'importe quel texte officiel concernant l'attribution d'une allocation chômage, l'obligation de recherche active apparaît instantanément, condition sine qua non pour voir son dossier accepté. C'est qu'il est méfiant, notre État, on ne se moque pas de lui facilement !

Il existe donc plusieurs formes de recherche active. La première, la plus basique, consiste à consulter les annonces affichées sur un tableau à l'agence ou sur Internet. Amis chômeurs et décidés à le rester, un bon conseil : zappez. C'est une perte de temps : personne ne viendra jamais vous demander si vous les avez regardées. Si tel était le cas – je vous rassure, ça n'arrivera pas –, vous pourriez toujours arguer du fait que vous n'avez pas vu, tout simplement pas vu, la seule proposition qui pouvait vous convenir.

Deuxième axe de recherches : celles que l'agence effectue pour vous. Cette fois, pas moyen de vous dérober. Le scénario tient en quelques lignes : vous recevez une convocation, vous vous y rendez, bien sûr, quoi qu'il vous en coûte et même si vous avez un admirable projet prévu ce jour-là. Il n'y a pas à barguigner. Une convocation à l'ANPE, c'est sacré.

La personne qui vous reçoit a sélectionné deux ou trois postes qui vous correspondent. Toujours remercier. Noter scrupuleusement l'adresse et le téléphone de l'employeur potentiel. Et aller voir : ne pas se présenter à un poste à pourvoir est une faute qui peut entraîner de graves sanctions. Ce qui ne veut absolument pas dire que vous êtes « grillé » pour le chômage : 1. les annonces de l'ANPE ont un plaisant air de famille avec les billets de Loto – beaucoup de petits papiers, très peu de numéros gagnants ; 2. on apprend très vite à décourager les velléités d'embauche d'un chef du personnel – un certain comportement, un air un peu souffreteux, par exemple, peuvent suffire ; 3. souvent, vu les délais, le poste proposé vient d'être pourvu. Tout danger est alors écarté.

Dernière partie, la plus complexe car la plus personnelle, la plus surveillée aussi : partir soi-même en quête du Graal, c'est-à-dire réussir à la fois à prouver que vous avez multiplié les initiatives pour sortir de votre effroyable condition, tout en apportant le plus d'éléments possibles pour établir que toutes vos démarches ont été vaines.

Un conseil, commencez par le commencement : la rédaction de votre curriculum vitae et celle de votre lettre de motivation. L'objectif est qu'ils soient le plus décourageants possible mais que vous ayez l'air de bonne foi.

Après avoir écouté les nombreuses recommandations des employés de l'ANPE, après m'être immergé dans quantité de livres spécialisés censés ouvrir à nouveau aux chômeurs les portes du plein emploi – *Apprenez à rédiger votre CV, Sortez du marasme ! Envoyez des lettres de motivation personnalisées à votre employeur, Découvrez le potentiel qui se cache en vous*, etc. –, après avoir ingurgité des centaines de modèles de lettres types, j'ai décidé de prendre le problème à l'envers : je fais systématiquement le contraire de ce qu'on me dit de faire. Mes CV et mes lettres de motivation sont des bijoux. Des bijoux d'indigence. D'ailleurs, depuis quelque temps, je mixe les deux sur une page : c'est moins coûteux à affranchir. En plus, je ne me donne même plus la peine de la recopier – je la photocopie.

Mais revenons au spécimen que j'envoyais il y a tout juste deux ans, quand j'étais encore un peu scrupuleux.

La mise en page est à peu près correcte, sauf que je m'arrange toujours pour ajouter des précisions à la main ; ça donne un côté tatillon et brouillon en même temps, qui n'inspire pas confiance. Mais alors pas du tout. En haut à gauche, logique, j'ai noté mon nom, mon adresse et ma date de naissance. Surtout ne jamais préciser sa nationalité. Ceux qui ne le font pas sont généralement des étrangers. Or les patrons n'aiment pas les étrangers.

Je passe directement au chapitre expérience professionnelle. Il y a deux ans, je jouais encore le jeu de la « bonne » chronologie : j'exposais mes dernières expériences professionnelles, puis les moins récentes, jusqu'à remonter à mon poste de gardien à la centrale nucléaire. Pas de quoi, cependant, exciter un recruteur même peu exigeant. Mon expérience professionnelle tient en quatre lignes avec de grands trous de sept ans, deux ans et cinq ans. J'ai poussé le vice jusqu'à ajouter à la main et entre parenthèses (ah ! ces fameux ajouts, plutôt des soustractions, oui !) le nombre de mois où j'ai exercé chacune des activités énoncées.

Au chapitre formation : six lignes, pas de dates. J'ai quand même pris sur moi de mentionner que je possédais quelques notions d'anglais scolaire et une bonne compréhension du vietnamien. Ce qui est la stricte vérité. Même affligeant, même décourageant, un CV doit dire les choses telles qu'elles sont. Il faut être honnête dans la vie. J'ai ajouté un chapitre informations complémentaires, dans lequel je précise avoir un permis B et avoir déjà travaillé en trois-huit.

J'oubliais : mon CV ne comporte pas de photo. Sait-on jamais ? J'ai une bonne tête et l'on dit que certains chefs du personnel se fient plus facilement au physique des gens qu'à leur pedigree.

Au vu de ce CV, qui pourrait avoir l'idée de rencontrer un type comme moi ?

Depuis, j'ai encore considérablement simplifié et enlaidi la chose. Nom, prénom, adresse, date de naissance sont toujours inscrits en haut à gauche. Mais dans une typographie franchement moche ; un caractère que l'on n'utilise plus depuis au moins trente ans.

Juste en face, encadrée avec un filet noir très épais, il y a ma lettre de motivation :

> « Monsieur, Madame,
> De manutentionnaire à l'entreprise individuelle, l'important pour moi, c'est de travailler. Si vous avez besoin de personnel, je vous propose ma candidature (manutentionnaire, magasinier, livreur, etc.). »

« De manutentionnaire à l'entreprise individuelle », c'est du petit chinois, je sais. Je l'ai fait exprès. Quand j'ai écrit cette lettre, j'ai pensé aux gens, heureusement peu nombreux dans ma région, qui font la manche dans la rue. Ma lettre ressemble aux pancartes qu'ils posent devant eux, mal calligraphiées et pleines de fautes de français. Elle fait pauvre. Elle donne envie de fuir.

À la rubrique expérience professionnelle, cette fois, j'ai pris soin d'exposer ma vie à l'envers, en commençant par le poste de gardien à la centrale. Exactement ce qu'il ne faut pas faire. Il paraît même que c'est rédhibitoire. J'ai zappé sur la rubrique formation. En revanche, je m'étale beaucoup dans la rubrique informations complémentaires. Voici ce que j'écris à mes correspondants :

> « Pendant toutes mes périodes sans emplois [je sais qu'il y a encore une faute d'orthographe, mais c'est bon pour mon dossier, toutes ces fautes], j'ai

travaillé chez mon père qui avait une entreprise d'ébénisterie, de déménagement et un magasin de meubles à Vénissieux. J'ai donc fait le *déménageur*, un peu l'ébéniste et aussi le vendeur (lorsque j'étais en entreprise individuelle ou chez mon père), j'ai le permis B, j'ai déjà travaillé en 3/8, je suis complètement disponible. »

Salutations, signature, etc.

Vous aurez noté que j'omets systématiquement de donner mon numéro de téléphone. Depuis mon entrée en chômage, en 1980, j'ai toujours affirmé ne pas en posséder, un petit mensonge innocent et qui éloigne vite les importuns. Les gens aiment pouvoir joindre leur monde facilement. L'ANPE n'a jamais cherché à vérifier si je disais vrai (cela lui aurait été facile, je n'ai jamais été sur liste rouge). À présent, avec les portables, je ne risque plus rien.

Donc, une fois rédigé le CV, et quelle que soit la médiocrité recherchée, l'essentiel reste à faire. Sélectionner des annonces qui correspondent (le plus grossièrement possible) à ses compétences, et croiser les doigts pour que les entreprises répondent. Sans réponse de leur part, vous ne remplissez pas les critères de recherche active qu'exige l'Agence nationale pour l'emploi. On repère très vite les sociétés qui répondent et celles qui ne le font pas. Est-ce lié à la personnalité du chef du personnel ? Avec l'expérience, c'est ce que j'ai fini par comprendre. Certains d'entre eux se fichent de la paperasserie, a fortiori lorsqu'elle ne sert pas l'entreprise. D'autres, au contraire, ont la fibre sociale et considèrent qu'il est de leur devoir de répondre aux personnes qui se sont donné la peine de leur écrire. Question de politesse. Bénis soient ces chefs-là : c'est à eux que les gens comme moi doivent de pouvoir se reposer en toute quiétude. Sans eux, que serais-je devenu ? On m'aurait peut-être laissé tomber.

Au fil des années, je me suis constitué une liste : les bons et les mauvais « répondeurs ». Je recontacte systématiquement les bons, pas plus de deux fois par an, je ne veux tout de même pas abuser. Merci donc à Sagra, une entreprise de bâtiment, Théven Fils, spécialisé dans l'équipement et le matériel pour les métiers de bouche, Desbenot, spécialiste en chauffage, sanitaires, climatisation et électricité, Record qui fabrique des portes automatiques, MB qui fait de l'aménagement de bureau, Conforama, l'ennemi juré de mon père, Agri-Sud, une société d'agroalimentaire, Antoine Matte, une grosse entreprise d'électricité générale, Furmétal, Norto, Loir Ascenseurs, Barriquan, Eurosonic, Pota, Carrefour, j'en oublie sûrement. Les citer me fait chaud au cœur. Ils se sont toujours montrés si fidèles envers moi.

Pour autant, je ne m'endors pas sur mes lauriers. Chaque semaine, je me force à éplucher les petites annonces des journaux gratuits de la région. Il est toujours bon d'enrichir son carnet d'adresses. Reste un sujet délicat : les rendez-vous d'embauche. La question revient souvent : « Vous en avez bien eu, des rendez-vous d'embauche ? » Oui, et heureusement. C'est très utile, les rendez-vous d'embauche, pour justifier de sa bonne volonté et de son dynamisme face aux conseillers de l'ANPE. Aucun d'eux n'a jamais débouché sur rien. À moins d'avoir le couteau sous la gorge, d'être arrivé en fin de droits et de ne plus avoir le choix. C'est que, quand je veux travailler, je peux.

Mais, me direz-vous, comment se dépêtrer d'un rendez-vous en ayant l'air motivé tout en ne l'étant pas (du tout) mais en donnant le sentiment de l'être ? En jouant les imbéciles. En se payant d'audace. Et, surtout, en ayant beaucoup d'imagination. En gros, il faut toujours être à côté de la plaque, mais avec une solide dose de bonne humeur et beaucoup, beaucoup d'ingénuité. Le brave type qui n'a rien compris à son époque, au marché du travail, quoi. À ce petit jeu, je me suis souvent régalé.

Jacques Tati m'a énormément inspiré : sa façon de balancer les bras de manière désordonnée ou de les serrer au contraire le long du corps pour leur éviter de faire n'importe quoi ; son air perpétuellement dans la lune ; sa timidité ; sa brusquerie. Un jour, je me suis payé le luxe, moi qui ne fume pas, de faire mine d'allumer une pipe devant un recruteur. En hommage à cet immense comédien.

J'ai aussi beaucoup emprunté à Bourvil : ses sourires désarmants et son air gentiment benêt. Et à Pierre

Richard : sa façon de s'habiller, toujours soigneusement mais toujours à mauvais escient, m'a donné de fabuleuses pistes pour faire tourner un entretien d'embauche en pure catastrophe.

J'allais oublier un détail : un chômeur a droit à des vacances. Pourquoi n'y aurait-il pas droit ? Chômer – vous commencez à vous en rendre compte – n'est pas toujours la panacée qu'on croit. On est libre de son temps, d'accord, mais on a quand même des corvées à exécuter. Trente-cinq jours de repos complet par an, ça ne me paraît pas excessif. Et puis, pensez aux gens qui ont une famille : les gosses ont quand même le droit d'aller prendre un peu l'air, non ?

Ces trente-cinq jours, il faut les poser à bon escient. La meilleure période ? Du 1er juillet au 4 août ! En juillet et en août, les sociétés ont souvent besoin d'intérimaires. Si vous êtes absent le premier mois et indisponible la première semaine du mois suivant, vous échapperez à coup sûr à un tas de petits boulots très mal payés et très pénibles.

7.

Frondeur, pas voleur

Je ne suis pas un voleur. Seulement un profiteur. Un petit artisan, à ma façon. En fait, j'ai des principes et je les applique. Parce que je ne supporterais pas de léser plus petit que moi. Parce que j'ai bon cœur, mais ça, vous ne le savez pas encore. Non, je ne suis pas un voleur. Ni voleur, ni falsificateur, ni simulateur. Je n'ai jamais enfreint les lois de mon pays. Je prends ce qu'on me donne, ni plus ni moins. Je me contente de glisser la main dans la poche de l'État providence. Est-ce mal ? Du PS à l'UMP, d'Arlette Laguiller à Fabius, de Sarkozy à Ségolène, tous insistent pour me donner cet argent. Alors que faire ? Refuser ? Ce serait grossier. Et idiot, il faut bien le dire. D'ailleurs, l'argent de l'État est le seul qu'il me semble légitime d'empocher. L'argent de l'État, pour moi, est une entité sans visage, une caisse sans fond dans laquelle tout le monde pioche : les agriculteurs, les fonctionnaires, les entreprises pharmaceutiques. Alors, puisqu'on m'y autorise moi aussi, pourquoi me gêner ? L'argent de la région, l'argent de la commune, en revanche, c'est sacré. Je suis comme les truands d'autrefois : j'ai un code d'honneur. Il y a ce qu'on peut faire et ce qu'on ne peut pas faire. Une ligne à ne pas franchir, des zones rouges à éviter.

Les faux papiers, les documents falsifiés, les déclarations erronées : jamais. Les aides de la commune : à éviter. Profiter de l'argent de contribuables que je connais depuis l'enfance, pas question. C'est une affaire de morale. Cet argent, je vois bien qu'il sert à de belles choses, qu'il contribue au mieux-être de chacun. Dans ma ville, le maire socialiste (à vrai dire, peu m'importe son étiquette) a mis en chantier un formidable plan de rénovation : de nouveaux espaces verts, des structures d'accueil pour les personnes âgées, la création d'une maison médicale ouverte à tous. Je trouve que ce sont de bonnes initiatives. Je n'aimerais pas détourner fût-ce un centime d'euro de cet argent. Et puis j'ai ma fierté. Je me sentirais mal à l'aise d'aller quémander quelque chose au Centre communal d'action sociale. Je risquerais de croiser des connaissances, des amis peut-être. C'est au-dessus de mes forces.

En agissant ainsi, je tiens à signaler que je me prive de beaucoup d'avantages. Si j'utilisais toutes les aides du Centre communal d'action sociale, des aides facultatives qui ont été créées à l'initiative de la commune, mes revenus mensuels augmenteraient d'au moins 200 euros. Ainsi, l'inscription à la distribution alimentaire donne droit à un colis de nourriture par mois, de septembre à juillet, et à un titre de paiement pour l'achat de produits alimentaires. J'économiserais ainsi entre 120 et 160 euros par mois : l'intégralité de mon budget alimentation actuel ! Je pourrais aussi profiter de secours en argent, des aides ponctuelles qui sont accordées après examen de la situation du demandeur. Je sais qu'elles sont facilement délivrées. Encore un petit bonus dont je ne veux pas. Et je ne parle pas des aides sociales communales légales dont je ne profite pas non plus : exonération sur la facture d'électricité, exonération sur la facture d'eau, etc. La vérité, c'est que je refuse tout. Enfin, tout ce qui ne vient pas des gens de Paris qui sévissent dans les ministères.

En vingt-huit ans, je n'ai fait que quatre entorses à mes principes : je bénéficie depuis toujours de ma fameuse allocation logement et d'une carte qui me permet de circuler gratuitement en bus ; je touche depuis quelques années une prime exceptionnelle de la mairie (152 euros qu'on m'envoie à Noël) et, depuis très récemment, je suis inscrit à la CMU et à la CMU complémentaire (cette couverture maladie universelle, créée en 2000, couvre désormais mes frais de santé à 100 %).

Même à l'État, je ne prends pas tout ce que je pourrais prendre. Un exemple : l'abonnement social de France Telecom qui permet, depuis 2000, d'obtenir un abattement de 7 euros sur le tarif normal qui est de 13 euros. 6 euros pour être abonné, Internet enfin accessible puisque beaucoup de serveurs sont désormais gratuits, aucune surprise sur la facture puisque je ne téléphone pratiquement jamais. 6 euros, c'est vraiment un cadeau. Régulièrement, les Assedic me relancent pour que je bénéficie de cette réduction, reconductible de douze mois en douze mois. Régulièrement, je fais la sourde oreille. La peur d'être trop facilement joignable. Le souhait, aussi, de ne pas abuser. Profiteur, mais profiteur raisonnable ; honnête en quelque sorte.

Tout cela paraît choquant ? C'est mal de recevoir des allocations pour aller jouer au tennis ? Peut-être. Mais que penser de ceux qui bénéficient de l'AAH, l'allocation aux adultes handicapés, et qui se font passer pour handicapés mentaux alors qu'ils sont aussi sains d'esprit que vous et moi ? Combien sont-ils ? Au moins 40 % des bénéficiaires, d'après mes calculs.

Ils touchent 578 euros par mois, soit 30 % de plus que ce que je gagne. Ils n'ont, et pour cause, aucune obligation de « recherche active » de travail. La seule et unique contrainte qui leur est imposée est de consulter un psychiatre une ou deux fois par mois. Cool, non ?

C'est si facile de se faire passer pour handicapé mental, de simuler des désordres psychiques, une grosse dépression. Bientôt vous tombez dans l'alcoolisme, vous devenez violent, vous faites des crises d'épilepsie et vous multipliez les scandales sur la voie publique.

Ajoutez-y trois ou quatre tentatives de suicide un peu inventives et le tour est joué. Le certificat arrive. L'allocation suit.

Imaginons un petit scénario que j'aurais pu jouer lors de mes dix-huit ans au lieu de me présenter spontanément comme je l'ai fait à l'ANPE. Déterminé à décrocher l'allocation aux adultes handicapés (quoique je n'aie l'intention ni de me couper un bras ni de me faire amputer d'une jambe), j'ai joué un peu la comédie à ma mère pour qu'elle prenne rendez-vous chez notre médecin de famille. Me voilà assis devant lui, raide comme un piquet dans mon fauteuil. Je porte trois énormes pulls dont un à gros col roulé que j'ai enfilé à l'envers pour qu'il comprenne bien que ma cervelle n'est pas non plus très à l'endroit. Je regarde fixement le dessin du tapis, des arabesques plutôt moches, j'ai la tête enfoncée dans les épaules, les poings serrés. Je ne dis rien. Voilà bientôt cinq minutes que je suis assis en face de lui sans avoir émis un son, sans avoir ouvert la bouche.

« Mais enfin, qu'est-ce qui t'arrive, mon petit ? Ta mère m'a dit que tu avais quitté le lycée. C'est vrai, ça ? Tu avais de bonnes notes pourtant. »

Je ne réponds pas.

« Parle, parle-moi. »

Silence.

« Il paraît que tu ne sors plus de ta chambre. Ta mère m'a dit aussi que tu refusais de manger. Tu peux tout me dire, tu sais, je te connais depuis que tu es né.

– Vous me faites chier ! Vous me faites tous chier ! »

Je me lève brusquement. Je marche d'un pas décidé vers la porte qui manque de se fendre tellement je la claque fort. Fin du premier round.

Quinze jours plus tard, les mêmes. Je porte toujours mes trois pulls dont le gros col roulé, à l'étiquette bien en vue à la base du cou. Je suis toujours aussi mutique. Cette fois, le médecin de famille n'insiste pas. Il prend son beau stylo Montblanc, griffonne plusieurs noms de médicaments sur une ordonnance qu'il me tend. Je la prends. Je claque la porte. À force, il va falloir qu'il songe à la remplacer. Fin du deuxième round.

Quinze jours plus tard, les mêmes. Lui : « Tu vas mieux, mon petit, ça t'a fait du bien les médicaments ? Ta mère me dit que tu manges un peu plus. » Je m'effondre en larmes. De gros sanglots. Je ne peux plus m'arrêter de pleurer. Il prend son Montblanc. Griffonne plusieurs noms de médicaments sur une ordonnance qu'il me tend. Je suis calme à présent. Je me lève, je laisse la porte ouverte. Fin du troisième round.

Au quatrième, il est battu par KO. Ma mère a découvert un tas de bouteilles de whisky vides sous mon lit et, depuis deux semaines, j'ai l'air ivre du matin au soir. Direction le psychiatre. Deux séances par semaine de trente minutes chacune. Mes parents n'ont jamais lésiné pour aucun de leurs enfants. La première fois, je me tais ; la deuxième, je pleure à chaudes larmes ; la troisième, je suis ivre mort ; la quatrième, je l'insulte. Il sort un stylo et m'expédie dans un centre pour jeunes dépressifs. J'avance.

Retour à la maison. Le lendemain matin, on me découvre inanimé : première TS (tentative de suicide), lavage d'estomac (j'ai fait bien attention à ne pas dépasser la dose) et renvoi au centre pour jeunes dépressifs. Pressé d'avoir mon AAH, je mets le centre sens dessus dessous.

Mon manège se répète plusieurs fois : centre pour jeunes dépressifs-retour à la maison-nouvelle tentative de suicide. Une fois, je séjourne plusieurs semaines en hôpital psychiatrique, où je passe un tas d'examens. Le seul problème, c'est que les gens autour de moi sont vraiment cinglés. Les résultats des examens ne sont pas très bons mais j'ai ma tâche à finir. Avec ma mère, nous nous rendons à la consultation des services sociaux de l'hôpital psychiatrique dans lequel je suis suivi. Mon dossier est épais comme deux bottins. Le verdict est terrible : schizophrène léger, mégalomane et dépressif chronique.

Dans mon cas, l'assistante sociale préconise une prise en charge. Par qui ? Par l'État, tiens ! Nous remplissons donc un dossier. Le psychiatre statuera sur mon sort dans quelques semaines. En attendant, on plaint beaucoup ma mère.

Début juillet, je touche ma première AAH. Une rente dont je vais bénéficier à vie. J'ai également droit à l'allocation logement social, si j'arrive à me stabiliser bien entendu.

Voilà, c'est aussi simple que ça. Il m'aura donc fallu seulement huit mois pour passer pour fou. Beaucoup de paresseux sont entrés dans ce système... dingue. Des types un peu barges, j'en connais, qui se sont souvent laissé pousser les cheveux et la barbe pour mieux correspondre à leur profil de marginaux. Les « femmes AAH », elles, ont les cheveux teints et portent des tenues provocantes ; elles prennent facilement de l'embonpoint. Sexuellement, elles se montrent agressives, très aguicheuses. Elles savent qu'elles font peur et elles en jouent. Non seulement elles vivent aux frais de l'État – et sans contrepartie – mais elles s'amusent de leurs semblables. On les laisse faire. Je les ai en horreur.

Moi, je ne suis pas si pervers. En 2003, je n'aurais pourtant pas eu beaucoup à mentir pour l'obtenir, cette fameuse AAH. Cette année-là, ma mère est morte d'une crise cardiaque. Elle était seule dans son jardin, mon beau-père était absent, les secours sont arrivés trop tard. Elle a rendu son dernier soupir au milieu de ses fleurs qu'elle aimait tant, ses rosiers qu'elle passait son temps à tailler, le visage contre terre, un sécateur à la main. Pendant des mois, je suis resté prostré chez moi, enfermé dans mon chagrin, incapable de parler ou de manger. Vraiment dépressif. Elle et moi ne nous étions pratiquement jamais quittés. Pendant quarante-deux ans, nous nous étions vus presque chaque jour. Pour un repas ou juste un café et le plaisir de parler quelques minutes. Je n'aurais pas pu imaginer m'éloigner d'elle de plus de quelques kilomètres. Ma mère a certainement influé sur mon peu de goût pour le travail. Travailler, c'était l'assurance de la voir moins et donc d'être malheureux. Aujourd'hui encore, j'ai du mal à vivre sans elle. Pour autant – je ne suis pas un monstre –, il ne m'est pas venu une seule seconde à l'esprit de profiter de la situation. J'étais inconsolable. De là à me faire passer pour fou pour obtenir 135 euros de plus, non merci. C'est malhonnête. De l'escroquerie pure et simple.

Même si cela vous étonne, je suis quelqu'un de droit, à ma façon. Je crois en la législation de mon pays. Dans une moindre mesure, j'aurais pu aussi simuler une maladie et réussir à me faire réformer du service militaire. Mon incorporation est tombée au bout de six mois de chômage. En apprenant la nouvelle, j'ai perdu tous mes moyens, fou d'angoisse à l'idée de perdre mes droits. J'ai couru me renseigner à l'ANPE. On m'a rassuré : non, je ne perdrais rien, mes droits seraient reportés, au jour près, à la fin de mon service. À partir de là, j'ai serré les dents et j'ai fait comme la plupart des jeunes gens à l'époque : une, deux, une, deux...

Par ailleurs, il ne me semble pas absurde de mettre un peu d'ordre dans l'État nounou. Je trouve donc normal, compte tenu du déficit reconduit d'année en année, qu'on cherche à traquer les fraudeurs, y compris dans la France d'en bas, comme disait le regretté Raffarin, chez les petites gens comme moi, chômeurs ou, plus modestes encore, RMistes. Quand j'apprends que le ministère de la Justice adresse une circulaire à tous les procureurs généraux (23 mai 2006) pour qu'ils poursuivent sans faiblesse les personnes en infraction avec la législation sur le revenu minimum d'insertion, je dis que c'est justice. Si ces gens sont en infraction avec la loi sur le RMI, s'ils font de fausses déclarations, c'est normal qu'ils aient des ennuis. C'est pour cela que j'attache tant d'importance, quel que soit le temps que cela me prend, quel que soit le mal que cela me donne, à rester dans les clous.

J'ai été choqué par l'amnistie dont Guy Drut a bénéficié. Pour la première fois de ma vie, j'étais d'accord avec Jean-Louis Debré lorsqu'il a dénoncé cette initiative. J'avais admiré le champion olympique du cent dix mètres haies. J'ai tout autant applaudi la condamnation qui l'a frappé en octobre 2005. Ce type, député RPR de Seine-et-Marne depuis 1986, actionnaire d'une société de travaux publics qui déclarait 13 millions de francs de revenus au fisc en 1994, n'avait vraiment pas besoin d'un emploi fictif à 20 000 francs par mois pendant trois ans chez un bétonneur, proche de son ami Chirac. Il méritait ses quinze mois de prison avec sursis.

Parfois, il m'arrive de me prendre pour Robin des Bois. Pas longtemps pourtant. Il faut dire que ce n'est pas indemnisé.

8.

L'ANPE se met en formation

L'automne prochain, si tout va bien, je fêterai mes noces d'opale avec l'ANPE. Une question me taraude. Si j'étais né en 1988 et que j'aie dix-huit ans aujourd'hui, me serait-il possible d'accomplir le même exploit ? Est-ce qu'en m'inscrivant à l'ANPE en 2006, je pourrais caresser l'espoir de ne pas travailler jusqu'en 2033 ? Le constat est dur : pas sûr !

Les choses ont évolué et pas tout à fait en faveur des chômeurs. Quoique le bazar qui règne actuellement dans mon agence à Roanne permette de croire que nous avons encore de beaux jours devant nous, je ne peux pas m'empêcher de penser que je suis né au bon moment.

Dès 1982 – une année après l'arrivée de la gauche au pouvoir, peu de temps après ma première inscription –, j'ai senti que l'atmosphère de l'agence avait changé. Je venais de terminer mon service militaire. Je reprenais contact. L'effet Mitterrand, déjà ? Les locaux étaient en plein chantier. Il y avait des cartons partout, les employés – d'un, ils étaient passés à six – semblaient un peu dépassés par les événements. Autour d'eux, une dizaine d'ouvriers s'affairaient : des peintres traînant des échelles, des menuisiers, des poseurs de linoléum.

En ce qui me concernait, pas de problème. Je reprenais mes droits là où je les avais laissés. Quatre mois d'allocations pleines et une année de fin de droits. Le jeune qui m'a reçu – vingt-cinq ans, pas plus – m'a expédié en très exactement dix minutes. Le temps de me faire remplir mon formulaire de réinscription et de prendre de mes nouvelles : avais-je des projets ? Non. Étais-je bien conscient qu'il allait me falloir repartir en « recherche active » d'emploi ? Oui. Voilà, l'entretien était terminé. Avec tout ce désordre dans les bureaux, il n'avait manifestement pas la moindre envie d'aller consulter ses fiches. Et encore moins de faire du prosélytisme pour m'inscrire en formation.

C'était sec, carré, sans chaleur. J'ai noté une petite différence avec avant. Mais à cause des travaux, je ne me suis pas formalisé.

Cette année-là et l'année suivante, j'ai touché les primes exceptionnelles auxquelles, à l'époque, les personnes au chômage et en grandes difficultés financières avaient droit chaque semestre. Une aide simple comme bonjour à obtenir : il suffisait d'en faire la demande, sans justificatif particulier à donner. Un truc que j'avais lu en potassant mes revues. L'ANPE changeait, tout en gardant une taille humaine : elle convoquait peu ses ouailles, les formations n'existaient pratiquement pas ; en revanche, c'était un peu moins le cas dans les années 80, où elle évitait consciencieusement – en avait-elle reçu la consigne ? – de vanter les petits avantages annexes auxquels nous avions droit.

C'est en 1984-1985 que les choses ont vraiment bougé. L'État a mis en place de plus en plus de formations supposées accélérer la réinsertion des chômeurs dans la vie active. L'avantage, c'est que certaines d'entre elles permettaient aux paresseux comme moi de voir leurs allocations reconduites pour pas mal de temps. Celle que j'ai suivie à l'AFPA (l'Association pour la formation professionnelle des adultes) en 1984, et qui m'a valu mon BEP de dépanneur électroménager, m'a ainsi permis de repartir pour douze mois d'allocations de base et douze de fin de droits ! Tout n'était pas mauvais dans les changements qui intervenaient à l'agence.

Le vrai désagrément, c'était l'ambiance, franchement mauvaise. En 1985, les guichets se sont multipliés, le personnel a considérablement augmenté, la salle d'attente était maintenant toujours bondée. Il faut dire que, malgré les beaux discours de Fabius (alors Premier ministre), nous étions de plus en plus nombreux.

C'est à peu près à ce moment-là que le système des tickets d'attente a été institué. On arrive, on prend un ticket, on consulte son numéro : 580, on regarde le tableau d'affichage : 312. On sait qu'il y a 268 personnes devant. On compte le nombre de guichets. On fait des évaluations : vu l'affluence, en estimant que chaque entretien ne dépassera pas dix minutes, et compte tenu du nombre de guichets – ceux qui sont ouverts, signalés en vert –, on se dit qu'on en a pour quatre heures. Quatre heures à se tourner les pouces en regardant le bout de ses souliers. Et pas moyen de revenir un autre jour parce que c'est justement ce jour-là que l'on a été convoqué et que, s'il nous venait la mauvaise idée de partir, on serait suspendu pendant quelques mois.

Quatre heures donc. Quand on est gros dormeur comme moi, il n'y a pas moyen d'éviter cette attente. Les plus dynamiques, ceux qui se lèvent à l'aube, s'en sortent mieux. Mais comme pour les soldes devant les grands magasins, ils arrivent tous à l'heure de l'ouverture, se bousculent et en ont quand même pour deux heures. Dans la salle d'attente, le climat est beaucoup plus hostile qu'avant. On ne se parle plus aussi facilement, comme lorsqu'on était seulement une dizaine à faire le pied de grue. Toutes ces heures à patienter avant de rencontrer un conseiller, ça met les nerfs en pelote. Et puis le nombre tue la convivialité. Les gens s'enferment dans leur mutisme. Ils regardent le numéro sur leur ticket, celui du tableau d'affichage, les lumières allumées devant les guichets. Zut ! Encore un qui vient de passer au rouge. Un de plus de fermé. Donc, on est tant à attendre. Avec tant de minutes par tête de pipe, ça nous emmène à vingt minutes d'attente supplémentaire. Regarder son ticket, lever la tête vers le tableau d'affichage, compter les guichets, cela transforme en un rien de temps un homme normal en robot. On n'est plus rien, on est devenu un numéro. C'est déplaisant.

Côté guichets, l'humeur n'est pas rose non plus. Débordés, les employés, autrefois si aimables, sont devenus grincheux. Ils font de l'abattage. C'est qu'il faut bien qu'elle se vide, cette salle d'attente. C'est ça ou devoir reconvoquer les gens. Et les reconvoquer, c'est autant qu'il faudra recaser un autre jour. On est loin, très loin, de mon premier rendez-vous avec ma délicieuse blonde qui m'avait reçu, seule barreuse sur le bateau, si gentille, si bienveillante, et qui m'avait avoué connaître les noms de tous les chômeurs de la ville !

Je l'ai recroisée l'an dernier. Mon tour venait enfin d'arriver. En me rendant au guichet, je suis passé devant le bureau d'un responsable dont la porte était entrouverte : elle était là, celle qui m'avait, si jeune, initié aux plaisirs de l'indemnisation. Elle trônait devant un grand bureau ovale et signait des chèques. Nos chèques ! Elle était devenue patronne. Je l'ai observée quelques instants. J'avais la mâchoire au bord de se décrocher. Patronne de l'ANPE... Elle avait un peu grossi mais était toujours très élégante. C'est son expression qui avait changé : désagréable. Je l'ai entendue dire deux mots à l'employée qui lui présentait les documents à signer, une secrétaire sans doute. Un ton ferme, sec, presque cassant. Avec les responsabilités, c'est certain, l'empathie diminue.

Donc, aux guichets, des petits box très étroits, ça dépote. Ce qui est bizarre maintenant, c'est qu'on ne voit jamais la même personne. À force, de loin en loin, on pourrait quand même imaginer que cela se produise. Mais non, ce ne sont jamais les mêmes qui nous reçoivent. C'est déstabilisant. Chaque conseiller a son nom inscrit sur une pancarte devant son bureau – genre « l'administration devient humaine ». Or non seulement je serais incapable de mettre un nom sur un de ces visages, mais aucun ne me revient à l'esprit. Il m'est pourtant arrivé de croiser des gens sympathiques : ceux-là, je ne les oublie pas.

En 1985, quand j'ai vu la tournure que prenaient les événements, j'ai paniqué. À grossir ainsi, l'ANPE risquait d'être moins coulante. Elle devenait une machine, et une machine peut broyer quelqu'un en moins de deux ! Avec le développement de l'informatique, je trouvais que tout cela ne sentait pas très bon. Mais j'ai réfléchi et j'ai vite repris mes esprits. En réalité, c'est tout le contraire qui allait se passer : plus j'étais noyé dans le troupeau et moins on me débusquerait. Cela a de bons côtés, finalement, de devenir un pion. Sauf à tirer le numéro perdant : une chance sur plusieurs millions, de nos jours.

Mon analyse se tenait : je voyais bien que le nombre de demandeurs d'emploi croissait dans des proportions vertigineuses, que l'attente aux guichets était de plus en plus longue et les entretiens de plus en plus vite expédiés. L'avenir ne pouvait que m'être favorable. Encore plus de chômeurs signifierait pour moi moins de rendez-vous, moins de justificatifs de « recherche active » à produire, donc moins de paperasserie à envoyer puis à classer. Finalement, c'était tout bénéfice. Et c'est ce qui s'est passé.

Les convocations ? J'en ai reçu de moins en moins. Les offres d'embauche de l'agence ? Pratiquement nulles. Si, une fois, j'ai été convoqué pour un poste de vendeur de pièces détachées dans l'électroménager. Sans doute un accident. Avec mon CV plein de trous et ma comédie désormais bien rodée du chômeur motivé mais qui n'arrête pas de se prendre les pieds dans le tapis, l'affaire a été vite pliée : je ne faisais pas l'affaire. Restaient les formations, ces fameuses formations. Le dada de l'État sous Mitterrand comme sous Chirac. Elles, elles tombaient comme à Gravelotte. À chaque entretien ou presque, on m'en proposait une. Or c'est difficile de refuser, on court le risque d'être radié.

Des formations, maintenant, il y en a de toutes sortes. Il y a les « bilans de compétences », les « bilans de compétences approfondis », les « prestations d'accompagnement », les « stages objectif emploi » les « stages objectif projet », les « PAP » (projets d'action personnalisée, à ne pas confondre avec le prêt à l'accession à la propriété). En ce qui me concerne, les conseillers ont renoncé à me proposer les stages de reconversion, qui peuvent déboucher sur un nouveau métier. Peut-être me trouvent-ils déjà trop vieux ?

L'amusant dans ces appellations, c'est que sous des termes différents, le contenu est rigoureusement le même. Le stage de l'AFPA mis à part (neuf mois à plein temps), les formations excèdent rarement quatre mois. Mais ne mobilisent pas plus d'une heure par semaine ceux qui les suivent. Une seule petite heure par semaine : de la poudre de perlimpinpin ! Un cautère sur une jambe de bois ! En somme, on fait croire aux gens que l'on s'occupe d'eux, ce qui est entièrement faux. J'aurais mauvaise grâce à faire mon grincheux, mais c'est tout de même se moquer du monde.

Car qu'apprend-on au cours de cette dizaine d'heures ? Rien. Comment rédiger un CV ou écrire une lettre de motivation. Pour moi, c'est toujours un sujet de distraction ; j'observe qu'il y a des modes : la présentation change, les expressions aussi, j'en profite pour ringardiser davantage mes propres lettres. Il y a toujours une séance baptisée « Comment vous vendre mieux » et une autre intitulée « Comment choisir l'emploi qui vous conviendrait à 100 % ». Des foutaises, quoi. Lors de ces « remises à niveau », comme dit l'ANPE, on envoie les chômeurs dans des centres, des organismes privés qui les prennent en charge. Leurs dossiers y ont été transférés. Mais sauf pour les bilans de compétences et les bilans de compétences approfondis, j'ai constaté que les personnes en charge du suivi du stage ne les consultent pratiquement jamais. Le suivi reste un sujet d'hilarité pour nous tous. À la fin des douze ou quinze heures passées dans le centre de formation, on passe un entretien dit « personnalisé » avec l'un des responsables, M. Duchemin, pour débattre des points positifs et négatifs de la session qui vient de se terminer. Cela ne sert en réalité qu'à valider le stage : au terme de l'entretien, on remet au stagiaire un papier qui atteste de son assiduité. M. Duchemin renvoie ce papier à l'ANPE. Et voilà le stagiaire reparti pour un tour d'allocations. Ni l'organisme chargé de le former ni l'ANPE ne s'inquiètent jamais des éventuels progrès réalisés. Ils ont fait leur travail. Le stagiaire a fait le sien. Circulez, il n'y a plus rien à voir.

Entre 2001 et 2005, j'ai effectué cinq formations : deux en 2001, une en 2003, une en 2004 et la dernière en 2005. Certaines se sont déroulées dans des endroits aux noms plaisamment optimises : « Renaître » ou encore « Perspectives 2020 » – 2020 ? mais moi, je serai à la retraite !

La dernière formation, en 2005, je ne l'ai pas effectuée. Il s'agissait d'un énième stage « objectif emploi » qui commençait le 22 juin et s'achevait le 22 septembre. Ça ne m'arrangeait pas. D'une part, je n'avais pas du tout envie de suivre ce programme que je connaissais par cœur. D'autre part, cette formation compromettait mes vacances à Antibes et bouleversait mes habitudes. Voilà maintenant presque vingt-cinq ans que je pose mes congés du 1er juillet au 4 août. J'ai horreur de bousculer les traditions. Je suis quelqu'un de routinier : j'exècre les surprises et les changements de programme. Bizarre, n'est-ce pas, pour un type dont la priorité dans la vie est de ne pas avoir d'horaires ? Mais c'est comme ça.

Le 10 juin, lendemain de l'entretien avec le conseiller qui m'avait prescrit le stage, je décidai de frapper un grand coup : j'envoyai mon attestation de « déclaration d'absence », formule consacrée pour dire que l'on prend des jours de repos, avec mes dates : 1er juillet-4 août. Douze jours plus tard, je me rendais à la première séance de ma formation.

« Là, c'est bien votre nom ?

– Oui.

– Enchantée de vous connaître. Nous allons faire du bon travail tous les deux... »

C'était une grosse dame volubile et chaleureuse, les cheveux frisés coupés court, une robe à fleurs informe. Elle bougeait sans arrêt les mains en parlant, des gestes de petite fille dans un corps d'ogresse. Du moins croyait-elle à sa mission, elle était pleine d'allant.

Quinze minutes se sont écoulées sans que je puisse placer un mot. Au bout de ce long quart d'heure – elle semblait vraiment avoir des projets pour moi –, j'ai réussi à lui couper la parole : « Je suis sûr que cela va être passionnant. Mieux que d'habitude. On sent que vous avez le désir d'aider les autres... »

Elle buvait du petit lait, prête à repartir dans de nouvelles déclarations énergiques. Je ne lui en ai pas laissé le temps.

« Mais j'ai un problème. Oh, pas très grave : je ne vais pas pouvoir venir vous voir du tout en juillet.

– Comment cela ? Comment cela, vous n'allez pas pouvoir venir ?

– Malheureusement, j'ai déjà déposé mes dates de vacances. Je ne pouvais pas prévoir que ce stage allait arriver. Je suis désolé. Tout est déjà prévu. Je pars chez l'une de mes sœurs, à Antibes, sur la Côte-d'Azur. Elle m'attend. »

La pauvre femme a manqué s'étrangler. Cela faisait un quart d'heure qu'elle s'époumonait pour mon bien, elle allait m'aider à remuer ciel et terre pour retrouver une vie normale, et moi, je lui annonçais tranquillement que je prenais la clé des champs. Elle l'a très mal pris. Comment était-il possible qu'un chômeur sans travail depuis si longtemps ait la tête à prendre des jours de repos quand on lui proposait de retrouver enfin sa dignité ? Comment ? Mais comment osais-je ?

Le début de l'entretien avait été gai et entraînant. La fin fut glaciale. Puisque je préférais partir me détendre un mois plutôt que de suivre le début de son stage, elle me donnait quitus pour août et septembre. Elle annulait nos rendez-vous, elle annulait le stage. Elle s'est emparée d'un imprimé, a griffonné quelques mots qu'elle a signés d'une écriture rageuse, s'est levée et, sans me serrer la main, m'a lancé un terrible : « Au revoir, monsieur ! »

Pauvre, pauvre petite dame. C'est l'une des seules qui m'ait témoigné autant d'attention. Le genre à se priver de vacances pour tenir ses promesses et que ses protégés s'en sortent. J'ai dû beaucoup la décevoir. Mais cela ne m'a pas attristé longtemps. J'avais gagné mes vacances et la permission de sécher les huit heures de stage qu'il me serait encore resté à faire.

Une fois, une seule toute petite fois, j'ai eu un problème avec l'ANPE : en 1999, j'ai été suspendu d'allocations pendant trois mois. Pourquoi ? Mystère. J'avais sûrement oublié d'accomplir une formalité – ce n'est pourtant pas mon genre. J'ai eu beau fouiller mes papiers, je n'ai jamais réussi à comprendre la raison de cette suspension.

Avais-je oublié de renvoyer mon carton de pointage ? S'était-il égaré à la Poste ? Possible mais, dans sa mansuétude, l'ANPE envoie toujours une relance avant de suspendre ses versements. Aurais-je omis de répondre à une convocation ? La lettre de convocation s'était-elle égarée ? Pour les convocations, il n'y a pas de relance. Je n'en saurai jamais rien. Ma grande peur d'alors, c'était de ne pas pouvoir reprendre mes droits une fois écoulée cette période de trois mois. J'ai essayé de me renseigner. Il existait une foule de textes sur les radiations, aucun sur les suspensions. S'il n'y en avait pas, c'était peut-être que le mot était à prendre au plus près de la définition du dictionnaire. « *Suspension* : interruption. » Soit, mais encore ? Momentanée ou définitive ? Tout était là. Contrairement à mes habitudes, je n'ai pas demandé d'explications à l'ANPE, j'ai rongé mon frein, j'ai attendu et j'ai puisé dans mes économies. J'aurais pu m'inscrire au RMI, mais cela aurait signifié beaucoup de papiers à remplir et je courais aussi le risque que mes démarches n'interfèrent avec mon statut de chômeur. Bref, cela risquait de me gêner plutôt qu'autre chose. Après trois mois d'angoisse, je suis allé me réinscrire aux Assedic. J'ai demandé à la personne qui m'a reçu, une dame âgée très sympathique, si j'allais pouvoir reprendre mes droits. « Bien sûr que vous pouvez reprendre vos droits ! » m'a-t-elle répondu. Vraiment sympathique, cette femme.

Je lui ai signé une déclaration sur l'honneur dans laquelle j'affirmais ne pas avoir travaillé durant cette période, et la vie a repris comme avant.

Étonnant, non ? La seule fois où j'ai eu des ennuis avec les Assedic, ce n'était pas parce qu'un conseiller zélé avait mis le doigt sur ma mauvaise foi, le petit manège de mes lettres bidon, de mes entretiens d'embauche lamentables. Non, c'était pour une histoire de courrier pas reçu ou pas envoyé. Cela prouve à quel point les chômeurs dans mon genre sont peu surveillés. Enfin, je touche du bois, il y a quand même des exceptions : le ou la monomaniaque qui met un jour le nez dans vos affaires...

9.

Gloire et honneur au « modèle français » !

Le temps passe. Les gouvernements sont remaniés ; de nouvelles directives tombent, terriblement effrayantes sur le papier, mais sans grandes différences dans les faits en vingt-cinq ans. Seules les apparences ont changé. Depuis la publication de la fameuse circulaire du 1er janvier concoctée par mon employeur, enfin mon ministre, Jean-Louis Borloo, qui précise noir sur blanc que chaque chômeur est supposé s'entretenir avec un conseiller au moins une fois par mois – je cite cet exemple parmi d'autres –, eh bien, franchement, il y a de quoi se tenir les côtes de rire : car il ne s'est absolument rien passé.

Quoi qu'il en soit, cette loi est bonne pour le gouvernement. Elle lui permet de montrer qu'il se préoccupe du problème, qu'il le prend à bras-le-corps. Halte à la gabegie ! Halte aux petits profiteurs ! Tout le monde sait bien qu'il y a des « faux » chômeurs, comme ils disent. Le gouvernement rassure ainsi une partie de son électorat : ceux qui travaillent, qui sont taxés, et qui en ont assez de penser que tout l'argent qu'on leur prend va aux chômeurs dont beaucoup, moi entre autres, mettent tout en œuvre pour que leur situation perdure.

Donc, cette circulaire n'a, comme d'habitude, servi à rien. C'était une farce. En réalité, non seulement les demandeurs d'emploi n'ont pas été contrôlés une fois par mois, comme il était indiqué, mais ils ont été au contraire de moins en moins régulièrement reçus par les conseillers. Personnellement, je n'en ai vu aucun depuis novembre 2005. Faites les comptes : décembre, janvier, février, mars, avril, mai et maintenant juin. Sept mois sans convocation. Du jamais-vu en presque vingt-cinq ans de pratique !

Comment a-t-on d'ailleurs pu croire que cette proclamation solennelle – comme d'habitude – serait appliquée ? Il aurait fallu que l'ANPE triple son personnel, et cela précisément au moment où l'État rêve de réduire le nombre des fonctionnaires. Tiens, une proposition : pourquoi ne pas reconvertir les demandeurs non qualifiés en conseillers ? Autant de chômeurs en moins, autant de conseillers en plus, et qualifiés s'il vous plaît ! Hyper-qualifiés, même. Sans même être aussi débrouillard que moi, on apprend vite à l'école de l'ANPE.

Non, ce n'est pas le suivi qui a changé. Ce qui a vraiment changé, ce sont les durées des indemnisations, c'est le nombre de mois de travail à effectuer avant de pouvoir y prétendre. Et là, ça coince vraiment. Fini le temps où six mois de gardiennage dans une centrale EDF offraient deux délicieuses années d'indemnités. Fini le temps où quatre bulletins de salaire – quatre ! –, soit quatre-vingts jours de travail, offraient huit mois d'allocations (c'était plus modeste mais c'était déjà ça). Maintenant, six mois de travail ne donnent plus droit qu'à... six mois de chômage.

Déjà en 1988, on commençait à parler du trou de l'Unedic. L'année suivante, alors que je venais d'enchaîner coup sur coup deux périodes d'intérim et un CDD d'électricien industriel, l'État a planché sur un nouveau plan d'allocations. Mes neuf mois de labeur ne débouchaient plus que sur dix mois d'allocations de base – dix mois seulement – et cinq mois de fin de droits. Depuis, bien sûr, la situation n'a cessé d'empirer.

Si j'avais dix-huit ans maintenant, je ne crois pas qu'il me serait possible de vivre comme j'ai vécu. Il me faudrait travailler beaucoup plus, et beaucoup plus souvent, et multiplier les formations professionnelles. Tout cela pour un résultat assez décevant. Il y a un indice pour mesurer les difficultés grandissantes auxquelles se heurte un « chômeur longue durée » : c'est le temps qu'on évalue pour lui attribuer ce qualificatif. Les politiques, les journalistes, les responsables d'agence, tous s'y sont mis : pour eux, maintenant, un chômeur longue durée est inscrit depuis un an sur la liste des demandeurs d'emploi. Quelle blague ! Qui peut gober ça ? Certains de mes amis, licenciés économiques, ont mis deux ans minimum pour retrouver du travail. Eux ne cherchaient pas à tricher. Ils avaient une famille à charge, des enfants à nourrir et des traites à payer. Ils devaient à tout prix retrouver un emploi sous peine de voir leur vie exploser. En attendant, ils ont épuisé leur crédit à l'ANPE. Va-t-on les qualifier de « chômeurs très longue durée » ? C'est inepte. Surtout lorsqu'on compare leur cas au mien.

Enfin, il y a les primes. Ces belles primes que l'on nous versait sans compter tous les six mois si on en faisait la demande. Disparues les primes, envolées. Pour une fois, l'État ne ment pas. Il a fait un effort pour assainir ses finances. J'aurais envie de dire qu'il a « refilé la patate chaude » à plus petit que lui : ce sont les communes à présent qui gèrent le problème. Elles ont coupé la patate en deux : une seule prime par an, à Noël pour faire joli.

En revanche, en 2006, une prime est allouée aux chômeurs qui viennent de trouver du travail. C'est énorme, non ? C'est le monde à l'envers ! Donner de l'argent à des gens qui ont de nouveau l'assurance d'en gagner, les récompenser parce qu'ils ont trouvé un emploi : c'est ridicule, de la pure démagogie. Comme toujours, les hommes politiques sont prêts à inventer n'importe quoi pour témoigner de l'ardente volonté qu'ils ont de lutter contre le chômage. Au fond, ils ne sont pas si différents de moi : eux mettent de nouvelles lois en place pour prouver qu'ils s'activent, tout en sachant pertinemment que cela ne débouchera sur rien ; moi, j'envoie des lettres de recherche active tout en priant le bon Dieu qu'elles me reviennent avec la mention : « Nous sommes au regret... » Pour garder notre place, eux et moi, nous brassons de l'air. Tout cela est ubuesque.

Ce que je préfère chez eux, c'est quand ils dégoupillent des bombes, prêts à nous massacrer, et que ces bombes leur reviennent en pleine figure, comme dernièrement pour le CPE, ce truc de première embauche. Cela m'enchante. C'est comme une partie d'échecs. Sauf qu'ils ne sont pas très bons. Au premier acte, on les voit tout farauds, ils ont mangé du lion, ils prétendent avoir trouvé la solution miracle ; on va voir ce qu'on va voir. Au deuxième acte, la tension monte d'un cran : en face, on (les Français) n'est pas d'accord. Au troisième, ils campent sur leurs positions. Au quatrième, ils n'ont pas bougé d'un pouce mais on voit bien qu'ils sont fatigués. Au cinquième, ils rendent les armes. Ils ont toujours l'air farauds mais on comprend qu'ils sont très embêtés. Pas tant à cause de la loi à laquelle ils ont dû renoncer, plutôt parce qu'ils ont perdu dix points dans les sondages !

En 2004, ç'a été beaucoup moins rock'n roll que pour le CPE, mais tout de même très divertissant. Le gouvernement de Jean-Pierre Raffarin s'était mis en tête de modifier les textes de l'ASS. Ma chère ASS ! Cette allocation merveilleuse, renouvelable, de six en six mois, voilà qu'il voulait la limiter à trois ans. Trois ans ! Ce fut un tollé général. D'autant que Borloo, mon ministre – c'est qu'il se démène celui-là –, et son copain Raffarin avaient déjà annoncé quelque temps auparavant d'autres réductions drastiques en matière d'assurance chômage. Dès la mi-avril, ça a commencé à barder en France. Le 15, une journée d'action nationale était organisée pour protester contre leur décision : manifestations à Paris, manifestations en province, quatre associations de chômeurs (AC, APEIS, ANCP et CGT-Chômeurs) étaient en tête des cortèges. Deux mille personnes avaient déjà assigné l'Unedic et l'Assedic, s'estimant victimes d'une « rupture de contrat ». Cela bardait vraiment. Je n'ai pas défilé, je n'aime pas la foule, je suis un peu agoraphobe. Et puis, je ne suis pas syndiqué. Mais j'ai suivi activement les événements.

Le 17 avril 2004, l'Unedic faisait un pas en arrière. Selon ses statistiques, si tous les chômeurs pénalisés par la réforme de l'assurance chômage saisissaient la justice et obtenaient gain de cause, le coût à payer serait de 1,5 milliard d'euros. Le président du régime d'assurance chômage, dirigeant du Medef, espérait que le jugement serait infirmé en appel. Le même jour, un jugement du tribunal de Marseille rétablissait les droits de trente-cinq des trente-sept chômeurs qui avaient saisi la justice contre l'Unedic et l'Assedic Alpes-Provence. Première victoire pour les chômeurs. On en arrivait au quatrième acte : le gouvernement refusait de reculer mais faisait pâle figure. Le 13 mai, cinquième acte et coup de théâtre : le Conseil d'État décelait un vice de procédure dans tout cet imbroglio juridique et financier. Retour à la case départ. Tous les chômeurs étaient réintégrés dans leurs droits. En ce qui concernait l'ASS, seules deux ou trois « mesurettes » étaient prises. Les conditions d'obtention étaient devenues un peu plus difficiles : outre les « vraies » périodes de travail, n'étaient plus comptabilisés désormais que les congés maladie et les périodes de formation professionnelle. De cette façon, l'État ne perdait pas tout à fait la face.

Un jour ou l'autre, un ministre se retoquera de la réforme imaginée par le duo Raffarin-Borloo. Les choses vont ainsi. De cinq en cinq ans, les mêmes thèmes reviennent, remaquillés. On dirait des vendeurs de voitures d'occasion qui reviennent à la charge. On appelle ça, comme je l'ai lu dans l'interview du patron d'une grosse agence de publicité, « cosmétiser un concept » : un peu de rouge, un peu de blush, emballé, c'est pesé !

Mais assez craché dans la soupe : ces faiblesses de la France sont aussi sa grandeur. Quel autre pays est assez généreux (ou assez cloche) pour prendre un tel soin de ses chômeurs ? Pour reculer devant eux chaque fois qu'une infime partie d'entre eux menacent de se révolter lorsqu'on leur annonce que ce serait bien pour la France que l'on réduise un peu les mauvaises habitudes ? Quel autre pays ? Il n'y en a pas. Les États-Unis ? Ce n'est même pas la peine d'en parler. Là-bas, le mot « couverture sociale » n'y existe pas. Ou alors, il faut payer des sommes exorbitantes pour pouvoir espérer recevoir quelques picaillons le jour où on se trouve dans la mouise. L'Allemagne ? C'est le degré zéro du chômage. L'Angleterre ? Ah ! l'Angleterre... Pendant longtemps, elle aussi a su se montrer généreuse envers ses tire-au-flanc. Mais c'est bien fini. Croyez-moi, il ne fait plus bon vivre là-bas lorsqu'on est allergique au travail. Car, que l'on soit ultra-diplômé ou sans qualification, le tarif est le même pour tous : à peine quelques maigres mois d'indemnisation, des rendez-vous à la pelle avec les conseillers qui, eux, suivent chaque cas avec la plus grande attention. Et pratiquement aucune chance de repêchage. Les Anglais ont désormais une théorie : l'important n'est pas de s'épanouir, c'est de participer à la vie du pays, à son dynamisme. Le chômeur anglais n'a pas le droit de refuser plus de trois propositions d'emploi d'affilée. Sinon, il est aussitôt éjecté du système. Bien entendu, les chômeurs anglais, pas fous, acceptent toujours la troisième proposition. C'est ainsi qu'un médecin peut se retrouver, du jour au lendemain, bombardé jardinier. Qu'un jardinier peut devenir contrôleur dans le métro. Et qu'un contrôleur de métro peut devenir balayeur. On appelle cela la « mobilité professionnelle ».

Évoquer le sort de nos voisins me rend neurasthénique. Espérons qu'en France, nous n'en arriverons jamais là. Chez nous aussi, les textes de lois prévoient qu'au troisième refus, un chômeur peut être radié. Mais heureusement cela n'arrive pas. Il suffit de trouver un bon argument, de se monter convaincant, et le conseiller passe l'éponge. Moi aussi, il m'est arrivé de refuser des propositions qui ne me convenaient pas, des boulots difficiles où il m'aurait fallu travailler dehors, dans le froid. J'invoquais mon asthme, des projets plus ambitieux, et je passais entre les mailles du filet.

Si tout était à recommencer, que ferais-je ? Les mailles ont beau être un peu plus serrées, il me semble que je pourrais encore réussir à me faufiler hors du filet et profiter du système. Peut-être attendrais-je patiemment chez mes parents d'avoir vingt-cinq ans, âge auquel n'importe quelle personne sans ressources peut prétendre à la fois au RMI, cette mesure magnifique inventée par Rocard en 1988, et à l'allocation logement social. À condition d'être modeste, on parvient toujours à se débrouiller. Cela, Rocard l'a bien compris. Je pense que lorsqu'il a lancé le RMI, il était conscient de faire un beau geste, même s'il était à côté de la plaque sur le plan du réalisme. Il donnait l'assurance aux plus démunis de garder un peu de dignité. Il ouvrait un parapluie aux futurs exclus des assurances chômage, parapluie dont je profiterai peut-être un jour. Il savait probablement qu'il y aurait des abus – le RMI coûte cher à l'État –, mais il estimait sans doute que c'était un moindre mal. L'abus, c'est moi justement !

10.

Savoir gérer son budget

On imagine le chômage comme une sinécure. Erreur. Car il faut être un bon petit comptable pour être un vrai professionnel. Profiter de la bêtise de l'État, c'est un métier à temps plein. Veiller bien sûr à ce que l'argent des allocations soit toujours versé à la date prévue : deux jours de retard peuvent déclencher des catastrophes en série. Lorsqu'on a des revenus aussi modestes, les banquiers ne sont pas tendres. Ils vous attendent au tournant. Au moindre découvert, ils vous saquent. C'est la raison pour laquelle, dès mon admission aux Assedic, je suis tout de suite entré en contact avec la personne qui gérait mon compte à la banque : une petite brune piquante, le genre de femmes pour lesquelles j'ai un faible. Plus on a de contacts avec ces gens-là, plus on a de chances d'éviter des ennuis, et cela même lorsqu'on est un tout petit client. Pour les banquiers, on cesse d'être un numéro. Ils mettent un visage sur notre nom. Si la sympathie joue, c'est autant de gagné en cas de difficultés passagères.

L'employée de banque m'a reçu très gentiment. Que pouvait-elle faire pour moi ?

« Voilà : je voudrais ouvrir un plan épargne.

– Quelle bonne idée ! m'a-t-elle répondu. Un plan épargne, c'est le meilleur moyen de faire des économies. Et, pour nous autres banquiers, c'est une excellente garantie. Nous savons que nous avons affaire à des personnes sérieuses.

– Oui, mais je suis au chômage.

– Précisément, précisément, c'est dans ces situations-là que le plan épargne est le plus utile. Vous allez gagner un peu d'argent sur les sommes que vous déposerez. Quelques centaines de francs versées chaque mois suffisent, vous vous en rendrez vite compte, à pouvoir vivre plus serein. Voyons, combien pouvez-vous verser aujourd'hui ?

– 200 francs, cela suffirait ?

– 200 francs, c'est parfait. Dans six mois, vous en aurez 1 200 sur votre compte. Sans compter les intérêts. Vous pourrez voir venir... »

Depuis des années, ce plan me garantit une petite bulle d'air en cas de gros temps. Je l'alimente régulièrement, en début de mois, c'est plus prudent. Je ne l'ai « cassé » qu'une seule fois, lors de l'achat de mon appartement, pour payer les 1 000 euros des frais de notaire. 1 000 euros, soit près de deux mois d'ASS : ce jour-là, j'étais fier de moi. Avoir réussi à mettre deux mois de « salaire » de côté, compte tenu du montant de ce que je perçois, frisait carrément l'héroïsme. Je ne suis pas Crésus, ça non. Je gagne 600 euros par mois au maximum : 448 euros d'ASS les bons mois (l'ASS est une allocation calculée à la journée ; on touche 14,25 euros par jour ; les mois de trente et un jours, c'est bien ; en février, c'est beaucoup moins intéressant). Je touche aussi une prime de 152 euros à Noël et ma fameuse allocation logement. Malgré tout, je suis un bon gestionnaire, j'arrive à m'en sortir.

J'adore compter, additionner, soustraire, multiplier, diviser. Établir mon budget est une sorte d'amusement pour moi. Je me mets à ma table de travail, ma feuille de papier et mon crayon d'un côté, mes attestations de paiement d'allocations et mes factures de l'autre, ma calculette à portée de main. Et j'aligne les chiffres. Pour moi, c'est plutôt dans les centimes d'euros que ça se joue. Depuis quelques années, mes revenus ont beau ne pas varier, mes dépenses ne pas changer, chaque mois, c'est plus fort que moi, je fais mes comptes.

Les entrées ? Toujours pareilles : 448 euros.

Les sorties ? Voyons : 23,88 euros pour le crédit immobilier ; 38,65 euros pour l'assurance de la maison et celle de l'Alfa Romeo (je ne suis assuré qu'au tiers) ; plus 10 euros pour ma Mobicarte (une carte me sert deux mois, je n'appelle pratiquement jamais, ce sont mes amis qui me téléphonent) ; plus 40 euros par semaine pour ma nourriture et mes produits d'entretien. Soit déjà 178,65 euros. Il faut encore déduire la facture d'électricité : 60 euros tous les six mois, soit 10 euros par mois. L'essence : environ 60 euros. Un poste à surveiller comme le lait sur le feu, l'essence : depuis la flambée du pétrole, je n'utilise plus l'Alfa que pour sortir le soir ; dans la journée, je me sers de mon vélo, un vieux clou acheté d'occasion 20 euros il y a cinq ans. Restent la taxe d'habitation : 17 euros par an (au lieu des 300 que payaient les anciens propriétaires !) et la taxe foncière : 177 euros par an (au lieu de 377, le tarif normal).

Je règle mes factures à l'heure. C'est préférable. Après, on risque d'oublier. Mais – encore mon amour des textes de lois – je sais qu'en cas de pépin, il y a toujours moyen de se retourner. Plutôt que d'appeler ma banque au secours ou de puiser dans mes économies, il existe pour les chômeurs comme moi des solutions qui permettent soit de reporter une échéance, soit de la faire sauter, purement et simplement.

Démonstration. Admettons que je sois ric-rac pour payer ma note d'électricité. Pas de problème : l'État me garantit de prendre le relais. Je ne mourrai ni de froid ni de faim. Dans sa grande bienveillance, il laissera mon compteur tourner. À petit régime, mais c'est bien suffisant. Je pourrai continuer d'utiliser une puissance de 3 000 watts, ce qui équivaut à trois lampes allumées, un réfrigérateur, une plaque de cuisson et un convecteur électrique en marche en même temps – pratiquement ma consommation habituelle, en fait !

C'est la loi : compte tenu de mes très modestes revenus, j'ai le droit de faire appel aux Fonds solidarité énergie (FSE). C'est juste une formalité : un petit dossier à remplir qui, sitôt rempli, est validé. L'administration française fait parfois montre d'une célérité qui me laisse pantois. Les employés des FSE se rendent alors à votre domicile. On vous pose un interrupteur spécial qui limite automatiquement le seuil de la puissance à 3 000 watts. Et adieu la facture d'électricité !

Je n'en suis pas là, mais j'aime me faire peur et trouver des réponses à mes questions angoissantes. Il y a toujours moyen chez nous de trouver des réponses. Et puis, quand je suis trop angoissé, j'ai un remède infaillible.

11.

J'aime les filles...

Je suis un môme, un vieux môme. Peut-être parce que je suis le dernier de la famille, que j'ai traîné longtemps dans les jupons de ma mère, je sais que je ne suis pas « fini ». J'adore cette expression pour parler des adultes comme moi qui n'ont pas réussi à grandir complètement. C'est sûrement à cause de cette petite faiblesse que je vis si bien ma situation. Des avantages, presque pas de contraintes. Les inconvénients ? Les recherches d'emploi, quoiqu'il m'arrive de m'amuser beaucoup en m'y livrant. Et, de temps en temps, mais rarement, le poids du regard des autres.

Le célibat, autant vous le dire, ne me pèse pas. Comme dit Jacques Dutronc dans sa chanson : « J'aime les fiiilles de chez Castel/J'aime les fiiilles de chez Régine/J'aime les fiiilles qu'on voit dans "Elle"/ J'aime les fiiilles des magazines/J'aime les fiiilles de chez Renault/J'aime les fiiilles de chez Citroën/ J'aime les fiiilles des hauts fourneaux/J'aime les fiiilles qui travaillent à la chaîne/Si vous êtes comme ça, téléphonez-moi/Si vous êtes comme ci, téléphonez-mi... »

Qu'elles me téléphonent, les filles, je les recevrai bien. Ça vous épatera peut-être, mais je suis un chaud lapin. Des filles, j'en ai eu pas mal. Des brunes, surtout. À part ma première blonde de l'ANPE, j'ai une préférence pour elles.

Il y a celles auxquelles je me suis attaché, celles d'un jour, celles d'une nuit, celles que je revois de loin en loin, celles avec lesquelles je remets le couvert, et puis toutes celles que j'espère encore rencontrer.

Ma première fille, enfin, la première à laquelle je me sois lié durablement – un an et demi, quand même – s'appelait Marianne. C'était une petite brune frisée très costaude qui s'occupait de ma grand-mère aveugle. Chaque fois que je montais lui rendre visite, je contais fleurette à Marianne. J'avais dix-huit ans et demi et je roulais dans ma fameuse Autobianchi marron. Elle en avait vingt-cinq et circulait sur une vieille bicyclette. On a tout de suite trouvé un terrain d'entente, un super-code de conduite. Le soir, je la ramenais en voiture, sa bicyclette pliée n'importe comment dans le coffre. Ma voiture allait évidemment beaucoup plus vite que son vélo. On rentabilisait les puissants chevaux de mon bolide : mon Autobianchi nous laissait du temps. Avec Marianne, j'ai connu l'amour dans les champs au soleil, la paille qui picote la peau, le soleil insolite sur des parties du corps généralement peu exposées, le froid en automne, le délice de squatter des granges en hiver, et le plaisir de l'initiation. Marianne était une experte. Ses parents avaient beau être des gens très stricts, elle avait commencé sa vie amoureuse tôt et me faisait ardemment profiter de sa science. Mais il fallait respecter les horaires familiaux et l'initiation tournait parfois court. Pour parfaire mon éducation, et mon nouveau statut de chômeur dûment validé, je rendais de plus en plus souvent visite à ma grand-mère. Nous nous sommes livrés à côté d'elle à des ébats pour le moins licencieux. Elle a dû nous entendre, mais elle nous aimait beaucoup tous les deux et ne s'est jamais plainte de nos farces.

Peu à peu, mes relations avec Marianne se sont espacées : j'accomplissais mon service militaire et je ne revenais plus que six jours toutes les trois semaines. Elle m'avait trouvé un remplaçant. On s'est quittés bons copains. J'aime les femmes, je n'aime pas beaucoup l'amour.

Ma deuxième grande histoire, la seule en vérité, s'appelait Louisa. J'avais vingt-deux ans et, par un mauvais tour que m'avait joué l'ANPE, j'étais condamné à suivre un stage, le fameux stage de dépanneur organisé par l'AFPA, qui me « permettrait de me réinsérer dans la vie active ». Les cours, plutôt intéressants d'ailleurs, se déroulaient à Roanne, dans un grand bâtiment où toutes les formations étaient regroupées. Louisa, de son côté, suivait un stage de secrétariat. Elle habitait près de Lyon. Les animateurs de l'ANPE lui avaient trouvé une chambre dans un foyer. Loin de sa famille et de ses amis, elle s'ennuyait. On s'est croisés un midi à la cafétéria et on ne s'est plus quittés, au moins le temps de la formation. Elle était brune, très menue, toute petite. Des cheveux très longs qui lui arrivaient pratiquement jusqu'aux reins, lorsqu'elle ne les nouait pas en tresse. Un port de tête royal – ses origines espagnoles sans doute. Un corps de tanagra. Louisa m'épatait. Louisa m'attendrissait. Elle est la seule femme que j'aie jamais présentée à mes copains.

Durant neuf mois, nous avons fait ce que font tous les couples : nous sommes allés dîner au restaurant, au cinéma, nous nous sommes présenté nos amis respectifs et puis, hélas, très vite nous avons parlé d'avenir.

Louisa avait bien compris que je ne voulais pas travailler et que mon stage à l'AFPA n'était qu'un pis-aller. Elle admirait ma franchise, elle adorait ma gaieté, les chansons que je lui chantais, écrites de ma main, musique et interprétation de votre serviteur. Mais elle n'imaginait pas une seule seconde sa vie sans un emploi sérieux. Ses parents, très modestes, avaient des ambitions pour elle. Elle-même se voyait gravir les échelons : dactylo, puis chef du pool dactylo, puis secrétaire et, qui sait, plus tard encore, secrétaire de direction.

« Ça gagne bien, me disait-elle.

– Combien ?

– Presque 6 000 francs.

– 6 000 francs ? Pour avoir un mec sur ton dos

toute la journée, réserver sa table au restaurant et prendre les messages de ses maîtresses, t'es folle ?

– Non, c'est toi, le fou. Si tu acceptais de travailler pour de vrai, on aurait une maison, on se marierait, nous aurions des enfants, nous serions heureux. »

Je me taisais et faisais mine de réfléchir. Un jour, j'ai même envisagé le pire : chercher pour de bon un travail sitôt le stage terminé. Je ne voulais pas la perdre. Croix de bois, croix de fer, j'y ai sérieusement pensé. La seule trahison que j'aie jamais faite à l'ANPE.

Les week-ends où Louisa ne rentrait pas chez ses parents, elle m'embarquait pour de folles virées dans les grands magasins. « J'ai besoin d'un nouveau vernis à ongles, et puis il y a cette crème dont m'a parlé Machine, il faut absolument que je l'achète. » On faisait toutes les parfumeries, les unes après les autres. Elle comparait les prix. Dans un sens, on se ressemblait, Louisa et moi. Elle n'était pas dépensière. Elle voulait simplement être comme les autres. Pour son anniversaire, j'ai souhaité lui offrir une jolie robe : six heures de prospection au pas de course. À la fin de la journée, nous n'avions toujours pas trouvé la robe. Trop chère, trop moulante, trop voyante : aucune n'avait trouvé grâce à ses yeux. Louisa n'était pas femme à s'emballer à la légère.

Je l'aimais. J'aimais sa présence chez moi le soir. Blottis l'un contre l'autre dans le lit ou allongés côte à côte sur un transat, à regarder le ciel. Dans ces années-là, j'habitais un charmant deux-pièces en rez-de-chaussée avec un jardin privatif, presque une petite maison. Été comme hiver, et quoique extrêmement frileux, je passais des heures dans ce petit paradis qu'était devenu pour moi ce jardinet. Dès la nuit tombée, je m'habillais chaudement et me livrais à ma nouvelle passion : la contemplation des étoiles. J'ai appris à Louisa à les reconnaître : Sirius, la plus lumineuse, Vega, la plus brillante...

Louisa était bonne élève. Nous nous accordions en tous points. Elle est la seule femme à laquelle j'ai ouvert grand ma porte. Je la laissais cuisiner, je lui laissais m'imposer ses rites : la table bien mise, une bougie allumée pour faire romantique, des serviettes en tissu bien pliées dans les assiettes. Je fermais les yeux sur ses produits de beauté, de plus en plus nombreux dans la salle de bains, ses robes pendues dans l'armoire, un bijou qui traînait sur la table de chevet. Je prenais sur moi. Elle était si belle et si tendre.

Mais nos stages se terminaient. Toutes formations confondues, nous avons organisé une grande fête dans les locaux de l'AFPA. Saumon, foie gras, champagne : nous ne nous sommes privés de rien. Le lendemain, Louisa avait prévu de repartir dans sa famille, près de Lyon. Reviendrait-elle ? Nous reverrions-nous ? Je savais qu'il ne tenait qu'à moi qu'elle reste. Mais les mots restaient coincés dans ma gorge. Ce soir-là, j'ai beaucoup dansé, j'ai fait l'imbécile, j'ai terminé la nuit chez un copain, complètement saoul et sans avoir pu lui parler...

Je ne l'ai jamais revue. La revoir aurait signifié que j'acceptais de rentrer dans le rang, de travailler, de me marier et d'avoir des enfants. Adieu Louisa. Lorsque je repense à elle, j'éprouve une petite pointe de nostalgie, un pincement au cœur. Pourtant, je ne regrette rien. Elle est sans doute mariée et mère de famille. Elle doit continuer à repasser ses serviettes de table avec application. C'était sa vie.

D'historiette en historiette, le temps passait sans que je m'emballe pour une nouvelle fiancée. Et puis, j'ai fait la connaissance de Mui. Une tornade. Aussi envahissante qu'elle était petite, aussi bruyante que ses traits étaient délicats. Un parfait paradoxe. Je l'ai rencontrée chez des amis vietnamiens. Elle m'a tenu la dragée haute pendant plusieurs années. Mui ne faisait que ce qu'elle voulait, quand elle le voulait et où elle le voulait. Son métier de commerciale l'obligeait à voyager dans toute la France. Elle s'absentait souvent, une semaine ou un mois, et ne prévenait jamais ni de son départ ni de son retour. Ça me convenait parfaitement. Avec elle, c'était comme danser sur un volcan. Des moments d'intense plaisir sexuel, d'autres désastreux. C'était une petite femme volontaire et imprévisible. Un faux pas de ma part, et c'était l'explosion. Lorsqu'elle se mettait en colère, Mui pouvait avoir un incroyable langage de charretier, elle me griffait, donnait des coups de pied dans les meubles. Une furie. Elle était fatigante.

Heureusement, nos rencontres se déroulaient toujours chez elle. En cas d'orage, je pouvais m'esquiver. Elle me pourchassait alors dans l'escalier en me traitant de noms d'oiseaux tous plus colorés les uns que les autres ; moi, je courais comme un gamin en risquant de rater une marche. J'arrivais chez moi épuisé.

Mon statut de chômeur convenait à sa nature. J'étais l'homme au foyer, elle portait la culotte. Je sais qu'elle a donné pas mal de coups de canif à notre liaison. Elle s'en vantait. Ça ne me gênait pas. Avec elle, les choses étaient parfaitement claires : si nous mangions au restaurant, elle réglait la note ; si nous allions au cinéma, c'est elle qui payait les billets ; si on s'offrait un hôtel coquin, c'est elle qui faisait le chèque. En contrepartie, j'étais sa chose. Elle n'a jamais critiqué ma manière de vivre, jamais fait la moindre allusion à l'infinie modestie de mes revenus. Elle et moi avons poursuivi nos amours orageuses durant plus de trois ans. Un beau jour, elle est partie s'installer dans le Midi, à des centaines de kilomètres. C'était fini.

Il arrive qu'elle revienne dans la région et qu'elle me téléphone. On tombe dans les bras l'un de l'autre, on fait l'amour et, inévitablement, après, je dis n'importe quoi, en tout cas la chose qu'il ne faut pas dire. Alors elle s'enflamme comme une allumette et me jette dehors. J'aime bien Mui.

Depuis plusieurs années maintenant, mes histoires sont devenues plus calmes ; plus brèves aussi. La plupart du temps, les héroïnes sont des amies d'amis. On se voit une fois ou deux au cours de dîners, on se revoit en tête-à-tête, puis on passe une nuit ensemble. Rien de suivi, rien de sérieux. Ça me convient. À quarante-cinq ans, on ne rencontre plus les gens aussi facilement. Il faut se rendre à l'évidence : l'époque des barbecues dans le jardin, des fêtes jusqu'à pas d'heure et des conquêtes faciles est révolue. À présent, les femmes sont mariées, beaucoup sont fidèles. À cet âge-là, elles sont devenues exigeantes, elles veulent de l'ordre et de la stabilité, une vie normale : tout ce que je suis bien incapable de leur donner. Je n'ai pas d'horaires, je ne mange que quand j'ai faim et directement dans la casserole. Je suis devenu un obsessionnel du rangement : je ne supporte pas que les objets ne soient pas à leur place ou que les affaires traînent. Je n'ai pas les moyens d'inviter une femme au restaurant, ni les moyens de lui payer de belles vacances, ne serait-ce même qu'un week-end. Quelle femme voudrait d'une telle vie ?

Je sais que certaines sont prêtes à faire beaucoup de sacrifices pour ne plus être seules : des divorcées, quadras ou quinquas, qui ne supportent plus leur situation ; des célibataires plus tout à fait de première fraîcheur qui n'ont pas réussi à trouver l'homme idéal ou même acceptable. Elles passent des petites annonces dans les journaux, s'inscrivent sur des sites Internet. Si je voulais en rencontrer, j'aurais l'embarras du choix. Mais, d'une part, je déteste l'idée de faire la connaissance de quelqu'un par journal interposé ou en consultant des fiches sur un site. Et d'autre part, je n'ai aucune envie de partager ma vie avec qui que ce soit. Je suis bien trop content comme je suis. Enfin, encore mon côté bricolé, je préfère croiser la route de filles plus jeunes, pimpantes et fraîches, et surtout sans projets. Ma vie les amuse. Mes histoires avec l'ANPE les distraient, ma nonchalance leur plaît. J'ai beau avoir quarante-cinq ans, elles rient infiniment plus avec moi qu'avec les garçons de leur âge. C'est ainsi. Chômeur professionnel, ça conserve. Ça a un petit côté provocant qui les émoustille.

12.

Si tous les chômeurs vivaient comme moi

La société française vit avec une malédiction. Un « drame », comme dit le locataire de l'Élysée. Combien de récits pathétiques de chômeurs qui racontent dans les journaux leur quotidien ennuyeux, leur vie sans surprise, leur solitude et leur misère. À la radio ? Pareil ! À longueur d'antenne, ce ne sont que témoignages sinistres et confessions geignardes. À la télévision ? Même son de cloche. Même plainte. Du malheur ! Du malheur ! Que du malheur ! Bon sang, ce n'est quand même pas si mal d'être chômeur.

Certains jours, j'en ai tellement assez d'entendre tout ça que je ferme mon journal. J'éteins la radio et la télévision, je me rends dans ma salle de bains et je m'examine dans la glace. Je veux savoir si je ressemble à ces gens qui déclarent – ô combien ostensiblement – tant de détresse. Et là, qu'est-ce que je vois ? Un gars souriant – c'est très rare que je sois de mauvaise humeur –, pas mal du tout pour son âge, tonique. Un type heureux. Mais qu'est-ce qu'ils ont, depuis quelque temps, les médias, à être aussi rabat-joie ?

Pourquoi ne donner la parole qu'aux déprimés ? Qu'est-ce qu'il leur prend de voir ainsi tout en noir ? Chômeur, ce n'est quand même pas le bagne.

Je fais quelques pas sur mon balcon, je m'allonge sur ma chaise longue, j'admire la vue. Je ne comprends pas pourquoi mes semblables sont si malheureux. Est-ce que les journalistes n'iraient pas chercher les cas les plus terribles, les histoires les plus atroces pour être dans l'air du temps ? Serais-je l'exception qui confirme la règle ? J'ai beau réfléchir, tourner et retourner le problème, je ne comprends pas pourquoi cet état a si mauvaise presse. Le problème, c'est qu'il est impossible de faire des comparaisons. Des amis chômeurs comme moi, je n'en ai tout simplement pas. Ni ami, ni copain, ni même simple relation. C'est comme si nous ne vivions pas sur la même planète. On est pourtant sur le même bateau, eux et moi. Tout petits revenus – personnellement, à 12 euros près, je sais que je ne peux guère tomber plus bas. Lendemains incertains – quoique, depuis le RMI, on bénéficie en quelque sorte d'une assurance tranquillité. Comment peuvent-ils se sentir si mal alors que je me sens si bien dans ma peau de chômeur longue durée ?

Je ne manque de rien, mon compte est toujours créditeur, mon plan épargne régulièrement alimenté. Il est exceptionnel qu'en fin de mois j'aie dépensé la totalité des 170 euros qu'il me reste pour me distraire. Mon frigo est rempli du nécessaire : un paquet de café et des yaourts frais – au petit déjeuner, je préfère les yaourts aux tartines beurre et confiture qui font grossir. Quelques légumes, une salade, un concombre, juste de quoi ne pas tomber en panne, servent de complément alimentaire. Quelques fruits. Une carafe d'eau du robinet.

Dans un placard, j'ai de quoi faire cuire des lentilles – excellent, les lentilles, à cause du fer –, quelques paquets de pâtes – j'en ai plusieurs variétés –, un pot de sauce tomate, du sel et du poivre. Pourquoi avoir plus ?

Le midi, je ne déjeune jamais, sauf deux fois par semaine, le mercredi et le samedi, lorsque je vais rendre visite à mon beau-père. C'est un rituel que j'avais avec ma mère et que lui et moi avons tacitement reconduit ; ma façon de le remercier de s'être si bien occupé d'elle. Le soir, la plupart du temps, je dîne à l'extérieur. Le lundi, dans un merveilleux restaurant que tiennent mes meilleurs amis, un couple de Vietnamiens. Ce n'est qu'après nous être empiffrés de nems, de raviolis, de délicieux poulets cuisinés maison et de litchis que nous entamons nos parties de cartes rituelles. Le jeudi, je dîne chez la mère de cet ami restaurateur. Le vendredi, je suis chez l'une de mes sœurs. Le samedi et le dimanche, je suis presque toujours invité chez un couple qui possède une grande maison à la campagne. Chez eux, c'est table ouverte. La maison est immense, la salle à manger fait deux fois mon appartement, la femme est excellente cuisinière : on se retrouve souvent à festoyer à une dizaine. C'est toujours extrêmement gai.

Quand je ne suis pas invité – quoique ce soit rare –, je sors faire des courses. Sur ce chapitre, comme sur beaucoup d'autres, j'ai un certain nombre de principes : ne jamais acheter de nourriture fraîche d'avance et courir ainsi le risque de gaspiller ; ne jamais se rendre dans un supermarché pour une simple tranche de jambon, un bifteck, un morceau de poisson ou une livre de tomates – à cause des achats superflus qu'on pourrait faire ; ne pas non plus se servir dans les supérettes qui restent ouvertes tard et facturent leurs produits 15 % plus cher ; ne jamais acheter de produits sous vide, plus chers eux aussi et mauvais pour la santé. Enfin, en cas de gros ravitaillement et pour les produits ménagers, toujours aller au plus simple, chez Leclerc ou chez Lidl, qui ne pratiquent pas la politique des marques.

Budget équilibré, alimentation équilibrée – je suis très pointilleux sur le sujet –, ce n'est quand même pas difficile de se nourrir correctement à peu de frais : pourquoi diable tant de gens sont-ils aussi malheureux ? Qu'ont-ils de moins ? De quoi ont-ils besoin dont je n'ai pas envie ? Coup d'œil circulaire à mon logis. L'appartement est aussi propre que lorsque j'y suis entré il y a deux ans et demi, la peinture semble neuve, les sanitaires rutilent, les huisseries sont en parfait état. Pas de vis-à-vis, une belle vue. Très bon pour le moral, tout cela. Malgré mon train de vie ascétique, je ne manque de rien. Pas un ustensile, pas un objet qui me fasse défaut. Et le tout pour presque rien.

Sur le balcon, qui fait quatre mètres carrés, il y a

une table basse, une chaise longue, deux tabourets. La chaise longue a quinze ans – je l'ai achetée quand j'avais mon jardin. La table basse, une belle table en fer forgé, les deux tabourets et la chaise proviennent de Trocville, un dépôt-vente de la région.

Dans la kitchenette, il y a un placard et un évier d'origine, un deuxième placard que j'ai acheté à Conforama, un frigo, et une plaque de cuisson, deux feux (que l'on m'a donnés). Pour le reste je me suis débrouillé. Il y a une machine à laver le linge (encore un cadeau), un four à micro-ondes (acheté à Conforama) et un petit ventilateur (acquis à Expo-cash, un autre dépôt-vente).

Ma (modeste) vaisselle ? Six assiettes, six verres, six couteaux, six fourchettes, six cuillères, trois bols, plusieurs tasses à café, une poêle, deux casseroles (tout ce matériel a été acquis dans un dépôt-vente).

Dans la pièce à vivre, j'ai deux chauffeuses bleues (données), un canapé vert – un clic-clac deux places convertible (acheté à Conforama) –, un vieux fauteuil confortable (offert), une lampe halogène (un don), une table basse et une table pour la télévision (récupérées sur un trottoir), une télévision avec magnétoscope et lecteur DVD incorporés (offerte pour mes quarante et un ans), la table sur laquelle je pose mon ordinateur (donnée), mon ordinateur (acheté 590 euros en 2004, pas le dernier modèle mais il fonctionne bien), un petit meuble (construit de mes mains) sur lequel je pose mon scanner (donné), une chaîne hifi JVC (le seul appareil de marque que je possède, donné), un radio-cassette (donné), des étagères (récupérées dans l'un des magasins de mon père lorsqu'il a fermé boutique). Pas de dépenses extraordinaires, donc.

Dans la salle de bains, il y a une armoire à pharmacie (achetée), une balance (achetée – je surveille mon poids), une poubelle (achetée), des étagères (récupérées chez mon père), un pouf (acquis dans un marché du coin – j'aime bien rester assis dans ma salle de bains). J'ai rangé mes serviettes de bain sur les étagères – six serviettes de bain –, ainsi que mes chaussettes, mes tee-shirts et mes caleçons – douze de chaque – et mes shorts de tennis (cinq).

Mes chaussures s'alignent en bas du placard : quatre paires de baskets (les moins chères mais elles s'usent beaucoup !), une paire de souliers noirs (au cas où j'aurais une soirée). C'est aussi là que je range ma caisse à outils.

Ça ne me gêne pas de vivre avec autant d'objets d'occasion, toutes ces choses que mes amis m'ont gentiment données lorsqu'ils remplaçaient telle ou telle machine ou qu'ils s'étaient lassés de tel vêtement. Je n'ai pas du tout l'impression de vivre de la charité publique. J'éprouve au contraire la délicieuse sensation de lutter contre le gaspillage, de participer aux efforts écologiques que je crois nécessaires pour le bien commun. Non seulement je ne me sens pas déchoir, mais j'ai la certitude de faire œuvre utile en récupérant ce qui est récupérable, c'est-à-dire pratiquement tout ce que les gens jettent chaque jour, du canapé démodé à la brosse à dents électrique qu'il suffirait de nettoyer à fond pour que l'accumulateur puisse de nouveau la recharger.

Tous les chômeurs français pourraient vivre comme je le fais. Pourquoi sont-ils aussi avides de produits dont ils n'ont aucun besoin ? De la mayonnaise Truc à la télé à écran plasma, quel intérêt ? On y voit mieux avec le plasma ? Et les voitures ! Pourquoi la dernière Clio ou la nouvelle Laguna ? Quatre roues et c'est parti. Est-ce que les gens qui possèdent sont plus heureux ? Une célèbre formule résume tout : le riche (ou le cadre moyen qui s'y croit) ne possède pas son argent, il est possédé par lui. Et là, c'est foutu.

Est-ce le fait d'être issu d'une famille nombreuse ? J'aime le silence, le calme. Quand je rentre chez moi, j'ai l'impression d'une grande paix intérieure. Je me sens reposé et serein.

Ou peut-être est-ce plutôt une question de gènes ? Mes frères mènent une drôle de vie, un peu saltimbanques, très solitaires eux aussi.

Patrick, l'aîné, a fait un moment de l'ébénisterie. À quarante ans, il a décidé de tout envoyer balader et s'est envolé pour la Nouvelle-Calédonie. Il a entièrement changé de vie. Parti pour six mois, il y est toujours. Il enseigne la musique dans un lycée. Quant au second, après avoir tenu une année dans l'armée de terre, il est devenu chanteur puis chansonnier. Il n'a pas un sou vaillant – certainement pas de plan épargne – mais ne se plaint jamais. Je crois qu'il est encore plus spécial que moi. C'est comme ça, dans la famille, les garçons sont atypiques.

Mes trois sœurs sont devenues fonctionnaires. Mariées, avec des enfants, alors que nous, les garçons, sommes célibataires et sans progéniture. Ça ne nous empêche pas d'avoir de la gaîté, de la fantaisie. Tous, nous partageons la même aversion pour le règne des marques, l'esbroufe et l'apparence, tous ces passages obligés auxquels les médias, publicité et presse confondues, veulent nous asservir. Je les regarde toutes les trois batailler avec leurs enfants, lutter pied à pied pour leur refuser le blouson Gap, le polo Lacoste, la paire de Nike, le jean Levi's, le sac à dos Machin, etc. Elles finissent toujours par céder. Mes neveux ont des arguments. Sans ces signes de reconnaissance coûteux, dans la cour de récréation, ils n'existeraient pas. Dématérialisés, purement et simplement !

C'est seulement lorsque j'entends mes sœurs raconter leurs fins de mois difficiles à cause des caprices des enfants, le harcèlement quotidien auquel elles sont confrontées, que je mesure combien ma vie pourrait devenir compliquée, voire invivable, si je devais subvenir aux besoins d'autrui. Bien sûr, je bénéficierais des allocations familiales, de primes de rentrée scolaire, de primes de vacances pour les bambins. Mais ça ne suffirait pas. Loin de là. Ma famille me regarderait de travers, pas d'accord ni avec mes principes alimentaires ni avec ma philosophie de la vie. Sans autorité chez moi, je n'aurais plus d'amis à l'extérieur – qui m'inviterait désormais, avec femme et enfants ? La cellule familiale se replierait. Chacun ruminerait ses frustrations. Quel enfer ! Qu'il est bon d'être célibataire avec une famille aimante autour de soi – celle d'avant, celle qu'on n'a pas construite !

Qu'il est bon de vivre seul au milieu d'amis généreux et compréhensifs ! Le célibat, j'en ai toujours eu l'intuition – et elle se confirme chaque jour –, c'est la panacée du chômeur, son assurance bonheur, son assurance vie.

Tout à coup, je me sens ridicule et pathétique. J'ai l'inventaire de mon mobilier dans une main, mon petit bonheur dans l'autre. J'envisage enfin qu'à moins de se suffire à soi-même comme je le fais – petite vie, petits besoins et amis innombrables –, la condition de chômeur puisse être moins riante. Mais pourquoi font-ils des enfants, ceux qui n'ont pas envie de travailler ? Et pourquoi ceux qui ont envie de travailler ne trouvent-ils pas de travail ? Autant de questions qui surgissent soudain.

Je retourne sur mon balcon m'allonger sur ma chaise longue, je ferme les yeux et je m'endors comme un enfant comblé.

13.

Chef d'entreprise, une parenthèse désenchantée

Je me demande quelle mouche m'a piqué, ce jour-là. J'ai eu une idée : monter ma société. Moi qui ne fichais pratiquement rien depuis treize ans, qui ne jurais plus que par l'ASS, voilà que, soudain, j'étais pris d'une frénésie d'activité. Je voulais devenir mon propre patron. De temps en temps, j'ai le cerveau qui bat la campagne.

Tout est parti d'un article dans un journal : le bon État français proposait une prime très séduisante à quiconque émettait le désir de monter une affaire. Il s'engageait par ailleurs à exonérer les futurs chefs d'entreprise d'un certain nombre de charges durant les premiers mois de leur activité ; une perspective alléchante. Nous étions en janvier 1993 – je note que c'est presque toujours en janvier que je prends de grandes décisions –, l'espoir de toucher une grosse somme d'argent me plaisait et, aussi bizarre que cela puisse paraître, j'avais un projet à proposer. À force de faire la plupart de mes achats dans les dépôts-vente de la région, je m'étais rendu compte qu'il n'existait aucun magasin spécialisé dans la hifi, la vidéo et l'électroménager. Il y avait des magasins de fripes, des magasins de meubles, des bouquinistes, mais aucune boutique ne revendait des appareils de ce type.

Comme d'habitude, j'ai pris une feuille de papier et un crayon, j'ai sorti ma calculette et j'ai fait des calculs. Pour ce genre de magasin, la mise de fond était ridicule : il suffisait de trouver un local pas trop cher, de passer au magasin de mon père prendre du bois et de construire quelques étagères pour pouvoir y disposer les appareils, plus une planche ou deux pour faire un comptoir. Ne restait plus qu'à faire le tour des amis. Tous se débarrasseraient sans doute volontiers des vieux rossignols qu'ils stockaient jusqu'alors dans leur cave. Moins amusant, je notais qu'il me fallait penser à créer un poste assurance : impossible de stocker des objets qui ne m'appartenaient pas sans pouvoir garantir à leur propriétaire un défraiement en cas de vol, de dégradation ou d'incendie. C'était ennuyeux, cette histoire d'assurance. Sûrement coûteux. Pour une fois, mes livres ne m'étaient d'aucune utilité. Il était impossible de chiffrer ce poste tant que je n'étais pas en mesure d'évaluer le stock.

Hormis ce problème inquiétant, il me semblait avoir tous les atouts en main : j'étais suffisamment bricoleur pour aménager mon magasin, j'avais de solides notions d'électricité et d'électronique – assez en tout cas pour être capable de remettre en état des appareils défectueux –, et je savais gérer un budget. Je m'étais même trouvé un associé : Tran, mon meilleur ami, électricien lui aussi, tout juste sorti de l'école et à la recherche d'un emploi. Ensemble, nous avons discuté toute une nuit pour peaufiner les détails de notre affaire. Le lendemain, nous étions prêts à nous lancer.

Il nous fallait agir vite, sur trois fronts à la fois. D'abord, trouver un local. Ensuite, nous familiariser, et au galop encore !, avec certaines notions de comptabilité que nous ne possédions pas – la gestion des stocks, par exemple, était un problème auquel ni Tran ni moi n'avions jamais été confrontés – et il y avait ce fameux montant d'assurance à évaluer. Enfin, monter notre dossier, à commencer par le formulaire à retirer à la sous-préfecture. Du boulot en perspective.

J'avais, pour ma part, une autre démarche, capitale, à effectuer. Avant de foncer tête baissée dans le travail, je devais absolument m'assurer qu'en cas d'échec ou de lassitude (je me connaissais assez bien !), je pourrais retrouver mon allocation spécifique de solidarité. Ne jamais laisser filer ses droits lorsque l'on en a : c'est un principe auquel je ne déroge pas.

Aux Assedic, on m'encourageait : je pouvais tranquillement me mettre à mon compte. Mon ASS ne serait que provisoirement suspendue. Attention, cependant : si mon affaire devenait florissante et si, au bout de trois ans, j'étais toujours à sa tête, à ce moment-là, et à ce moment-là seulement, je serais radié. Il y a des jours comme cela où l'on a envie de sauter au cou des employés des Assedic, on se sent l'âme d'un labrador, on ne voudrait plus les quitter. Le gentil monsieur qui m'annonçait tout cela, un petit moustachu replet à l'accent du Midi, était tout heureux pour moi. Enfin je prenais le taureau par les cornes, j'avais trouvé la bonne solution. Il allait même m'aider.

« Mais oui, monsieur, je vais vous aider. Quand on tombe sur des personnes entreprenantes comme vous, on a envie de leur donner un coup de main. Je vais tout de suite vous trouver une formation en comptabilité. C'est essentiel pour votre réussite. »

Durant une demi-heure, il s'est démené comme un beau diable. Il a téléphoné partout et a fini par me décrocher une place en « Création d'entreprise : lois sur le commerce » à la chambre de commerce et d'industrie de la région. Je commençais dès le lendemain. Pour une fois, une formation allait me servir à quelque chose. En un seul rendez-vous, j'avais fait d'une pierre trois coups. J'étais certain de retrouver ma tranquillité si mon ami et moi devions faillir à notre tâche. Non seulement j'échappais pour un temps à mes devoirs de recherche active stériles, pour me consacrer à un projet constructif, mais encore je me préparais un dossier en béton à faire valoir aux Assedic en cas d'échec. Quel meilleur témoignage de bonne volonté pouvais-je apporter que cette société que j'étais en train de monter à la force du poignet ?

En plus, j'étais déjà à pied d'œuvre pour entamer mon apprentissage comme chef d'entreprise. J'étais « bordé », comme on dit dans l'armée.

À la chambre de commerce et d'industrie, je me suis montré d'une assiduité qui sidérait les professeurs. Les cours à peine terminés, je me précipitais au service documentation pour parfaire mes connaissances. J'étais le plus doué du groupe. Curieux, n'est-ce pas, ce changement subit ? J'avais le feu sacré tout à coup. C'est que, lorsque les choses m'intéressent, je suis capable de me donner à fond. Je sais comment faire pour arriver à mes fins. Hélas ou tant mieux, j'ai davantage développé ce don pour faire en sorte de couler des jours paisibles... Pour l'heure, en ce début 1993, j'avais mangé du lion.

Tran et moi avions trouvé un local parfait au 14 de la rue du Général-de-Gaulle : une petite boutique, très bien située, tout près du centre-ville. Le loyer n'était pas excessif : 1 190 francs par mois. Mais l'électricité était à revoir et la peinture à refaire. Nous avons retroussé nos manches. J'ai dû ajouter à notre budget prévisionnel plusieurs pots de peinture, deux rouleaux, deux pinceaux et un bac pour faire nos mélanges.

Comme prévu, mon père nous a donné du bois pour les rayonnages. Et que je te refais les prises, et que je te lessive les murs, et que je te les peins, et que je te monte les étagères ! Un coup de scie ici, un coup de perceuse là. Il y avait longtemps que mes proches ne m'avaient pas vu dans un tel état d'agitation. Je débordais d'activité, et j'étais gai comme un pinson.

Une semaine plus tard, la boutique était prête, toute pimpante. Nous avions baptisé notre modeste commerce « Occasions-Technique ». Nous avions nous-mêmes peint l'enseigne, une belle enseigne rouge. Sur la vitrine, en plus petits caractères, nous énumérions le détail de nos prestations : achat, dépôt-vente TV, hifi, électroménager. Nous précisions également à nos futurs clients qu'ils bénéficiaient de six mois de garantie pour chaque appareil acheté.

Depuis quelque temps déjà, notre dossier avait été validé par le ministère du Travail. La prime de création d'entreprise, 10 000 francs, serait bientôt versée sur le compte que nous avions ouvert à la banque. Il nous restait encore un problème à régler : trouver une camionnette pour transporter notre matériel. J'ai revendu ma voiture pour acheter – d'occasion, toujours d'occasion – un camion Toyota. L'argent de la vente de la voiture ne suffisant pas, il m'a fallu puiser dans mon plan épargne. Je me prenais au jeu. Je voulais être un patron exemplaire aux finances saines. Au volant du camion, nous pouvions à présent faire le tour de nos amis, embarquer leurs vieux appareils, les réviser, les nettoyer. Voilà, nous étions prêts à plonger dans l'aventure.

Vers le 20 janvier, les choses prenaient décidément une bonne tournure. La collecte auprès de nos amis s'était révélée fructueuse. Postes de télévision, magnétoscopes, chaînes hifi, enceintes acoustiques, postes de radio se pavanaient gracieusement sur les rayonnages. La boutique n'était pas encore officiellement ouverte que l'on voyait déjà des curieux coller le nez contre la vitrine pour essayer de voir ce que nous avions à proposer.

Deux semaines avant d'inaugurer nos locaux, nous avions fait paraître des publicités dans les journaux de la région. Excellent moyen pour attirer la clientèle et aussi pour inciter les gens à nous confier du matériel. Le jour de l'ouverture, un mardi 29 janvier, fut un jour de pure folie. Le magasin n'a pas désempli de la journée. À tel point que ni Tran ni moi n'avons pensé à fermer le midi. Cela ne me ressemblait pas du tout, cette ardeur au travail. Nous avions ouvert à 9 heures pétantes. En toute logique, j'aurais dû défaillir d'inanition. Mais non, ni malaise ni mauvaise humeur. J'étais aux anges. Tout simplement aux anges. Tran et moi étions aux petits soins avec les clients, lesquels nous bombardaient de questions. Quel pourcentage prenions-nous sur les ventes ? Entre 20 et 25 % selon la valeur et la grosseur de l'appareil. Comment procédions-nous lorsqu'un appareil entrait dans nos rayons ? Eh bien, c'était simple, nous établissions un reçu à la personne qui nous déposait son matériel, que nous contrôlions et révisions. Nous nous engagions à le garder exposé durant une période de six mois. S'il n'avait pas été vendu dans ce délai, nous recontactions son propriétaire et lui demandions de venir reprendre son bien. Avec Tran, nous avions parfaitement révisé notre leçon. Nous avions réponse à tout.

Quand nous avons fermé, le soir, nous avons fait les comptes : nous avions vendu deux téléviseurs, un magnétoscope, quatre paires d'enceintes, trois réveils électriques, quatre postes de radio, et échangé une centaine de numéros de téléphone : des gens que notre boutique intéressait et qui souhaitaient nous apporter de quoi la garnir. Tout cela sentait très bon. Les jours et les semaines suivantes ont passé dans la même ambiance joyeuse et fébrile. « Occasions-Technique » était devenu une ruche. Tran et moi, transformés en vraies petites abeilles, ne levions pas la tête de notre ouvrage. Tandis que l'un s'affairait au contrôle et à la révision d'un nouvel arrivage, l'autre accueillait les clients et les conseillait. Il était rare qu'ils repartent les mains vides. Le chiffre d'affaires était bon. La prime était sur notre compte en banque. Comme prévu, les charges patronales n'allaient pas tomber avant quelques mois. Nous étions vraiment contents. Et moi, dans tout cela ? Aux dires de mes amis, je m'épanouissais. Je travaillais plus de dix heures par jour, au moins neuf à la boutique, plus une le soir à la maison pour faire les comptes. Je dormais très peu. Et, malgré cela, je gardais le sourire. De temps en temps, une cliente plus jolie que les autres réclamait mes services pour diagnostiquer un appareil qu'elle-même n'avait pas la possibilité de m'apporter. Trop lourd. Je ne me faisais pas prier pour lui rendre service – j'ai toujours été très serviable. Il arrivait que la visite se termine par un câlin. Le métier de chef d'entreprise avait pas mal d'aspects positifs...

Et puis, il y avait Tran. C'était un réel plaisir de travailler avec lui. Nous nous entendions parfaitement. Le retrouver à la boutique le matin, c'était la perspective de passer une journée avec un ami. Je n'avais pas l'impression d'aller travailler. C'est une drôle d'histoire qui nous lie depuis longtemps, lui et moi. J'ai douze ans de plus que lui. Lorsque nous nous sommes rencontrés, il avait huit ans et venait de traverser de sacrées épreuves. Tran est un boat people. Après un voyage effroyable, il est arrivé en France avec sa mère et sa grand-mère. Il a d'abord été recueilli avec sa famille dans un centre de réfugiés à Créteil. Puis il est arrivé dans la petite commune où vivait ma grand-mère et où ma tante occupait un poste de secrétaire à la mairie. Un certain nombre de familles vietnamiennes y ont été accueillies en 1981. Ma tante s'est tout de suite liée avec la mère et la grand-mère de Tran, qu'elle invitait souvent à partager ses repas. C'est en passant chez elle un jour que j'ai fait la connaissance de ce petit garçon qui allait devenir mon meilleur ami. J'ai littéralement fondu devenu lui. Tran était vraiment craquant : complètement affolé, paniqué au moindre bruit, mais toujours très digne, droit, très souriant. Je l'ai pris sous mon aile. Il est devenu mon petit frère. Tran a aujourd'hui trente-trois ans. Il est marié à une Française et a une adorable petite fille dont je suis le parrain. Notre amitié n'a jamais été prise en défaut.

Quand nous avons créé « Occasions-Technique », il n'avait que vingt ans, moi trente-deux. Sans ce sacré petit bonhomme, sans son calme, sa gentillesse et son grand professionnalisme, je ne suis pas du tout certain que je me serais embarqué dans cette histoire. Nous nous encouragions mutuellement.

En avril, alors que nous entamions le deuxième trimestre de notre toute jeune activité commerciale, les affaires ont légèrement fléchi. Même courbe descendante en mai. Et encore en juin. En juillet, les ventes ont carrément été catastrophiques. En dépit des exonérations prévues, certaines charges patronales commençaient à tomber, des cotisations de toutes sortes – pratiquement 2 000 francs à sortir tous les mois. 2 000 francs auxquels venaient s'ajouter le loyer (1 190 francs), l'électricité (500 francs tous les deux mois) et cette maudite prime d'assurance (500 francs par mois) dont je savais depuis le début qu'elle nous attirerait des ennuis. Tran et moi ne nous sommes pas démontés. Nous étions encore à flot. À condition de sacrifier la quasi-intégralité de nos salaires, nous étions en mesure de payer les factures. Ce n'était pas très plaisant, mais on se disait que c'était le jeu. Aucun de nous deux n'est âpre au gain.

Nous avons pris la décision de fermer la boutique en août. Inutile de payer des kilowatts pour rien. Tout le monde partait en vacances, il n'y aurait plus un chat dans les rues. Tran est allé retrouver les siens. Je suis parti passer quelques semaines chez ma sœur sur la Côte-d'Azur. J'étais devenu le parfait Français moyen : à la tête d'une toute petite affaire, harassé par les soucis, épuisé par des heures de travail que je n'osais même plus compter tant leur nombre me paraissait déraisonnable. Je faisais comme tout le monde : je « rechargeais les accus » avant de repartir à la bataille.

Le 1er septembre, reposés, bronzés, nous réattaquions. Nouvelles publicités dans les journaux, tracts déposés un peu partout. Il fallait remonter la pente. Et c'est qu'on la remontait, cette sacrée pente. La boutique était de nouveau pleine et nous de nouveau occupés à plein temps. Nous aurions certainement dû continuer à passer des encarts dans la presse régionale. Le soir, après le travail, nous aurions dû faire le tour des cafés, des restaurants et des supérettes avec nos tracts. Appâter le chaland dans les rues, maintenir la pression. Car il était devenu clair que sitôt nos annonces publiées, la clientèle affluait mais que, dès l'effet d'annonce passé, elle se faisait de nouveau rare. Nos amis ajoutés au réseau de clients fidèles que nous nous étions faits ne suffisaient pas à faire tourner la boutique. Mais les annonces dans les journaux étaient onéreuses. Et nous commencions à nous lasser de nos horaires déments. Distribuer des tracts le soir après le travail, ça, non, pas question. Notre chiffre d'affaires stagnait tristement.

Et les charges tombaient, de plus en plus lourdes.

Nous étions sortis du cycle des aides et des exonérations. À présent, il nous fallait payer le pas de porte et, bien pire, l'Urssaf. Cerise sur le gâteau, un nouveau phénomène que nous n'avions pas du tout prévu : le prix des appareils neufs baissait de manière hallucinante. Pourquoi les gens seraient-ils venus acheter une télévision d'occasion, avec les risques que cela pouvait comporter – six mois de garantie, après tout, ce n'était pas si long –, alors que, pour quelques centaines de francs supplémentaires, ils pouvaient s'en payer une neuve ?

Début décembre, Tran et moi tînmes une réunion au sommet : l'heure des bilans avait sonné. Et ils n'étaient pas bons. Nous arrivions à peine à vivre avec ce que nous rapportait la boutique. Je gagnais personnellement beaucoup mieux ma vie en touchant l'ASS et en bénéficiant des multiples exonérations ou réductions attachées à mon statut précédent. L'horizon s'obscurcissait salement. Compte tenu de ce que l'État nous prenait à présent, il devenait évident que nous n'allions pas tenir longtemps. C'est ainsi que nous avons décidé de fermer.

Nous avons tous les deux un faible pour les dates marquantes. On s'est accordés sur un jour : le 31 janvier. On a fêté la fin de cette drôle d'année sans larmes. Mais sans joie particulière. Tran se montrait fataliste. Moi – dois-je le dire ? –, j'étais horriblement amer. Toute cette année qui venait de s'écouler, je m'étais senti porté par une sorte de grâce. Je m'étais senti motivé. Rien à voir avec les treize années précédentes où je ne pensais qu'à tirer le maximum du chômage. Oui, toute cette année 1993, j'avais eu le sentiment de devenir adulte. J'avais permis à mon cher Tran de rentrer dans la vie active sans qu'il ait à subir les pressions déplaisantes de petits chefaillons, tous ces pauvres types qui, sous prétexte qu'ils ont un peu plus de bouteille que vous et gagnent quelques centaines de francs supplémentaires, vous humilient souvent pour vous prouver leur supériorité.

Je m'étais dépassé, surpassé. Je m'étais étonné. Et voilà que j'allais retourner dans l'ombre et retrouver ma petite sinécure financée par les contribuables. Cette perspective ne me déplaisait pas plus que ça. Pour ce que cette histoire m'avait rapporté ! Mais, par un étrange retour de bâton, j'en voulais à mort à l'État qui me nourrissait pourtant depuis si longtemps. L'État, pour moi, n'était plus qu'un voleur. Le salaud numéro un, qui empêchait les gens de s'en sortir. Je nageais en pleine contradiction. En serais-je là, aujourd'hui, à me vanter de mes années ASS, si l'État m'avait un tout petit peu plus appuyé ? Peut-être pas. Peut-être trônerais-je devant le comptoir d'un magnifique magasin hifi flambant neuf ? Peut-être me serais-je mieux débrouillé que mon père ? Qui sait !

Le 1er janvier 1994, un sacré maelström s'agitait dans ma tête. Les taxes que Tran et moi avions versées avaient certainement contribué à aider des chômeurs. Celles que d'autres petites entreprises allaient devoir payer – alors qu'elles se créaient au moment même où nous mettions la clé sous le paillasson et qu'elles ne dureraient sans doute pas plus longtemps que nous – aideraient les Assedic à me verser mon ASS dans les prochains mois. Je voulais me remettre à toucher mes « allocations », je ne voulais pas que ces petites sociétés dont je me sentais évidemment solidaire soient assommées de charges comme nous l'avions été. En somme, je nageais dans un mauvais mélo.

Le lendemain, Tran et moi nous retrouvions au magasin. Nous avions encore beaucoup à faire : restituer à nos clients le matériel qu'ils nous avaient confié en dépôt, vider la boutique, dresser un état des lieux avec le propriétaire, suspendre l'électricité et le téléphone, régler quelques derniers détails avec la banque. Bref, un dépôt de bilan dans les règles.

Tout cela terminé, j'avais de mon côté un rendez-vous essentiel : aller à l'ANPE m'inscrire pour la septième fois comme demandeur d'emploi. Là-bas, pas de lézard, compte tenu de l'échec patent que je venais d'essuyer, je réintégrai sur-le-champ tous mes droits dans la bienveillance générale. En fin de journée, avec Tran, nous avons bu le verre de l'amitié. Vannés. Moroses. L'expérience nous avait échaudés l'un et l'autre. Lui devait à présent se retrouver un travail. Est-ce mon influence ? Est-ce le traumatisme de l'aventure que nous avons vécue ensemble ? Depuis cette époque, je ne l'ai jamais vu rester longtemps à la même place. Tran ne me ressemble pas. Il aime son métier ; simplement, il ne supporte pas de faire la même chose trop longtemps. Depuis déjà plusieurs années, il est inscrit dans une agence d'intérim. Il fait des « missions », comme on dit, de trois, six mois ou un peu plus. Dès qu'on lui propose un CDI, il fuit. Il répugne à s'engager. Je me demande si je ne lui ai pas inoculé ma haine de l'autorité.

14.

« Je vais m'occuper de vous, personnellement »

Fin 2005, me voilà convoqué par l'agence qui me nourrit. Il y a longtemps que cela ne m'est pas arrivé, plus de cinq mois, malgré les promesses solennelles du sieur Villepin s'engageant à ce que chaque chômeur ait un entretien mensuel à l'ANPE. Les réflexes me reviennent. Tac, je prends un ticket, hop, je baisse la tête pour regarder mon numéro : 499. Je la relève pour consulter le tableau d'affichage : 210. Il y a 289 personnes avant moi. À raison de quinze guichets ouverts, cela me fait... trois heures d'attente.

J'ai l'habitude. J'ouvre un livre, un roman historique de trois cents pages, j'ai tout prévu. Je fais des paris. L'entretien ? Dix minutes ou moins de dix ? J'opte pour huit minutes : trop de monde dans la salle d'attente, trop de malades. Autour de moi, ça tousse et ça mouche, les fonctionnaires, c'est connu, n'aiment pas les microbes. Je plonge dans mon livre, de très bonne humeur. 497... 498... C'est bientôt mon tour. Je ramasse mes dossiers, lettres de refus, CV, dernières attestations de formation... 499. C'est à moi.

« Monsieur F. ? Monsieur Thierry F. ? Dites-moi, monsieur F., il y a très longtemps que vous n'avez pas été convoqué, n'est-ce pas ? »

Oui, longtemps, en effet. La faute à qui ? Je n'aime pas le ton de cette femme. Ma belle humeur s'envole. Elle a une toute petite trentaine, mince comme un fil. Elle porte des lunettes rondes en écaille. Jolie mais sèche. Méfiance avec les trentenaires. Ce sont les plus consciencieux, surtout les femmes. Les plus âgés sont blasés, les débutants indulgents. Mais les trentenaires ont envie d'en découdre. Ils veulent monter en grade.

« Monsieur ? Vous êtes avec moi ? Il y a combien de temps que vous touchez l'ASS, monsieur ?

– Heu... onze ans.

– Onze ans. Vous n'avez pas travaillé depuis onze ans ! »

Méfiance avec ces gens-là. Être humble. Une carpette, c'est cela, une carpette.

« Heu... non. Je cherche, je cherche, dans toutes sortes de branches, je...

– Même pas un mois en onze ans ! Même pas un mois ! Votre dossier, monsieur ! »

Je le lui tends. Les lettres de refus, d'abord. Dix, c'est le quota, enfin d'habitude, avec les autres. La pendule indique 17 h 07. Plus qu'une minute et j'ai perdu mon pari. Mais je m'en fiche, maintenant, de mon pari. Je l'ai perdu. Elle ne me lâchera pas. Je le sais.

Elle plonge dans le paquet, bien agrafé comme je le

fais toujours. Elle feuillette nerveusement la liasse. Jamais je ne me suis senti aussi mal à l'aise devant un fonctionnaire.

« Des entretiens d'embauche récemment ?

– Heu... non.

– Et en onze ans ? Combien ?

– Un de temps en temps. Peu. Pas beaucoup... »

Je me déteste, je me sens minable, elle se fiche de ce que je lui dis, elle suit son idée, elle veut ma tête. La voilà qui explose :

« Mais vous vous fichez du monde ! Vous vous fichez du monde ! On ne reste pas onze ans sans travailler ! »

À présent, c'est mon CV qu'elle veut. Je le lui donne ; elle est effarée, sincèrement effarée ; pour la première fois, j'ai l'impression qu'elle est humaine.

« Ne me dites pas que vous n'avez travaillé que... six (elle compte en même temps, bouche bée)... quatre... neuf... douze... Ne me dites pas que vous n'avez travaillé que... que... que trente et un mois dans toute votre vie ?

– Ben... si, si. J'ai toujours eu du mal à trouver des employeurs, je ne sais pas pourquoi : mon physique, peut-être, je ne sais pas... »

J'en fais trop, je l'énerve.

« Et durant tout ce temps, vous avez touché des allocations chômage ?

– Ben... oui. Oui.

– Est-ce que vous savez seulement depuis combien d'années vous touchez des allocations ? »

Quelle idiote ! Bien sûr que je le sais.

« Vous avez touché vingt-trois ans d'allocations chômage en vingt-cinq ans, monsieur. Vingt-trois ans... »

Je voudrais lui dire qu'elle se trompe, que son chiffre est faux, qu'elle doit déduire l'année du service militaire et aussi les neuf mois de stage de l'AFPA, et que si l'on tient compte de ces deux périodes, cela ne fait plus que vingt et un ans. Mais je ne dis rien.

17 h 55. Cela fait quarante-huit minutes que cette femme me cuisine. Je suis fatigué, en nage, j'étouffe, j'ai le cœur qui bat à cent à l'heure, je vais avoir une crise d'asthme. Est-ce qu'elle va me radier ? Quand même pas ! Qu'est-ce qu'elle farfouille dans son ordinateur ? J'ai l'impression d'être dans un commissariat, en garde à vue. Mon Dieu, mon Dieu, faites que je ne sois pas radié.

Je la regarde imprimer un texte. Elle me tend un papier, menaçante. « Treize ans d'ASS ! Vingt-trois d'allocations chômage, ça ne peut pas continuer. Je vais m'occuper de vous, monsieur. Personnellement. Rendez-vous en décembre. Et avec de meilleures nouvelles, je l'espère. »

18 h 30. Je suis vidé. Tremblant. Humilié. En rejoignant ma voiture, je titube presque, je mets la clef dans la serrure, j'ouvre la portière, je m'affale sur le siège de l'Alfa. Je pèse cent tonnes. À la main gauche, je tiens toujours l'imprimé qu'elle m'a remis en me quittant. Je ne m'étais pas rendu compte que je l'avais encore à la main. J'ai peur de lire ma condam-

nation. Radié ? Elle me l'aurait dit. Mal noté ? Ça ne fait aucun doute.

Je me décide enfin. C'est un « projet d'action personnalisée ». Une formation, encore une. Peut-être cette conseillère est-elle moins méchante que je ne l'ai cru ? Je poursuis ma lecture.

« Nous venons de faire ensemble le point sur votre recherche d'emploi.

Vous recherchez un emploi de : câbleur.

Pour faciliter votre recherche d'emploi, vous allez bénéficier d'une aide personnalisée.

Cet entretien a permis de déterminer ensemble l'(les) objectif(s) suivant(s) : participer à la prestation ELD CS. Vous serez convoqué.

Vous êtes invité(e) à engager l'ensemble des actions convenues :

– une formation en accompagnement vers emploi ;

– une autre action d'aide à la recherche d'emploi.

Notre entretien nous permet de préciser les points suivants :

– vous êtes sans emploi depuis 1993 (ni CES, ni CEC, ni intérim) ;

– vous éprouvez des difficultés dans vos démarches.

Nous convenons qu'un accompagnement pourrait vous aider. Vous pouvez bénéficier de tous les contrats aidés.

Par ailleurs, nous retenons de votre situation les principaux éléments suivants :

– vous avez le niveau BEP électricien ;

– vous avez le permis B.

Nous vous rappelons que pour vous aider dans vos recherches d'emploi, vous avez à votre disposition :

– nos offres d'emploi et de formation ;

– nos outils en libre accès (téléphone, photocopieur...) et notre documentation sur les techniques de recherche d'emploi ;

– nos ateliers.

N'hésitez pas également à consulter nos offres d'emploi et nos services sur Internet : www.anpe.fr

Le conseiller en charge de votre accompagnement vous fixera un rendez-vous au plus tard le 08/02/06.

Le conseiller à l'emploi... »

Suivaient ces initiales : G.I. « G.I. », ça veut peut-être dire « gentille initiatrice » ?

Je connais le texte par cœur. Deux détails m'embêtent cependant : ce terme « ELD CS », que je ne connais pas et qui ne me dit rien qui vaille. Est-ce un nouveau programme ? Plus pénible ? Pourquoi ne m'en a-t-elle pas parlé ? Pourquoi ne m'a-t-elle pas fixé une date pour ce stage comme c'est l'usage ? Et ce prochain rendez-vous à l'ANPE qui semble d'ores et déjà fixé à dans un mois ? Vais-je vraiment retourner là-bas dans un mois ? Moi qui me plaignais du manque de suivi, je suis dans de sales draps. Je suis tombé sur la consciencieuse de service, la monomaniaque d'État. J'ai envie d'un cognac, quelque chose de fort en tout cas. Mais les jours passent, et les semaines. On arrive au 2 février. Rien. Ni convocation pour le stage ni convocation à l'ANPE. Je me détends. G.I., mon bourreau, s'est peut-être fait taper sur les doigts. On ne peut mathématiquement pas consacrer quarante-huit minutes à un chômeur.

Peut-être a-t-elle changé de poste ? Ou de ville ? Peut-être que mon PAP s'est perdu dans un bug informatique ? Je n'en veux pas du tout à cette femme. Elle a fait son travail. Je n'en veux à personne. Mais la prochaine fois qu'on me cherche des crosses, je vais m'inscrire au RMI. Tant pis pour les records ! Tant pis pour mon ego ! Je ne vais tout de même pas faire des PAP jusqu'à mes vieux jours. Je renoncerai à mes principes : l'argent de l'État, et seulement le sien. Je céderai aux sirènes des aides communales, je rencontrerai chaque mois des assistantes sociales qui me suivront dans ma nouvelle épreuve.

G.I., voilà enfin des initiales que je peux mettre sur un visage, et un visage que je ne suis pas prêt d'oublier. Je plaisante : je n'en suis pas encore là. Le calme revenu, il m'est impossible d'imaginer que je puisse tomber deux fois de suite dans ma vie sur ce genre de fille. Non, à l'ANPE, à moins d'une révolution, je ne peux pas envisager que pareille déveine se reproduise. Tout de même, je l'avoue, j'ai eu chaud.

15.

Bienvenue au zoo

Quoique je sois certain de ne pas être le seul – et de loin – à vivre comme je le fais, dans mon coin, on me considère comme un phénomène. J'excite la curiosité. On veut me voir, me toucher. Il arrive qu'on demande à mes amis d'organiser des dîners à cet effet. Des gens ont entendu parler de mon cas. Je ne m'en formalise pas, étant toujours curieux de rencontrer des personnes que je ne connais pas et qui n'appartiennent pas à mon milieu. Tout de même, j'ai parfois l'impression d'être le dernier animal arrivé dans le zoo : on me regarde les dents, on jauge mes muscles, on teste mon intellect. C'est une étrange impression. Ces visiteurs veulent tout savoir : mes secrets de boutique – ça les intrigue que je ne me sois encore jamais fait « pincer » –, mon train de vie, mon allure. Assez vite, à vrai dire, mon physique l'emporte sur le reste. C'est un sujet qui délie les langues.

J'ai le teint rose, une silhouette élancée. Je suis rasé de près. Je n'ai rien d'un ermite dépenaillé. Certains sont agréablement surpris – soulagés ? – de ma mise soignée et de ma santé florissante. D'autres manifestent au contraire une certaine irritation. Comment un type comme moi peut-il afficher une telle forme ? Je les dérange. C'est une provocation supplémentaire.

C'est que je soigne ma santé. Vivre aux crochets de l'État oblige à certaines précautions : tomber malade le moins souvent possible, savoir se soigner seul. C'est ça ou basculer dans un système qui ne me plaît guère : les dispensaires sociaux, les Petites Sœurs des pauvres, la charité publique. Tout ce que j'exècre. Jusqu'en 2000, c'étaient les seules structures gratuites qui existaient. Pour m'éviter d'avoir à consulter ce genre d'établissements sinistres et de faire trop souvent appel à mon médecin de famille, j'ai pris des habitudes d'hygiène élémentaires. J'ai appris à parer aux petits désordres physiques qui frappent tout un chacun.

Fragile de nature, je me tiens sur mes gardes. Je ne fume pas : c'est très important pour éviter qu'un coup de froid ne se transforme en pneumonie. L'État me doit au moins ça : j'ai su résister à la tentation, je n'ai jamais touché à une des cartouches de cigarettes que l'armée me proposait si généreusement, et gratuitement, durant mon service militaire. Je les refusais au contraire énergiquement. Et pas question d'en faire profiter mes copains de chambrée. Ma morale, toujours elle, m'interdisait de les rendre plus accros au tabac qu'ils ne l'étaient déjà. La Seita, dans le futur, devrait se passer d'eux. Elle s'est passée de moi en tout cas. C'est tout bénéfice pour mon budget.

Aujourd'hui, un paquet de cigarettes coûte environ 4,50 euros. À raison de dix cigarettes par jour, j'en serais de 15,75 euros par semaine de ma poche, soit 67,50 euros par mois, autant que ma patrie bien-aimée ne me prendra pas, mais beaucoup moins que ce qu'elle aurait à débourser si j'avais un cancer du poumon.

Donc, je ne fume pas, mes bronches sont en parfait état. Je bois peu et prends mille précautions pour ne pas attraper mal. Toujours s'habiller chaudement, ne jamais, comme dit le dicton, se découvrir d'un fil en avril, porter un chapeau en été, car je suis sujet à de terribles crises d'asthme à cette saison.

Ces règles élémentaires posées, et si, malgré tout, il m'arrive de tomber malade, j'emploie ce que l'on appelle des remèdes de bonne femme. Un coup de froid ? Au premier frisson, une tisane bouillante aux herbes, thym, romarin et coriandre. Cela débarrasse l'organisme de ses toxines. Puis je me couche tout habillé, double paire de chaussettes aux pieds, double couche de polaire sur le dos, une grosse écharpe autour du cou et deux couvertures supplémentaires sur le lit. Je transpire à grosses gouttes. La fièvre baisse. Le lendemain, je me réveille frais comme un gardon. Si la température persiste, je prends du paracétamol, l'aspirine du pauvre – 1 euro et quelque au lieu du double pour de l'aspirine « normale ». L'effet bénéfique est généralement instantané.

En cas d'angine, j'ajoute une cuillerée de miel à

mon breuvage. En cas de bronchite, un bon cataplasme, comme ceux qu'utilisaient ma mère et ma grand-mère et qu'on appelait des « rigolots ». C'est un mélange de farine de lin et de farine de moutarde tout à fait démodé, mais que l'on trouve encore en pharmacie et pour pratiquement rien. Ça pique, ça brûle, mais ça dégage les poumons. Si le mal persiste, si la crise d'asthme pointe, des inhalations matin, midi et soir. Un bol, une serviette et des feuilles de menthe fraîche font l'affaire. Je plonge mes feuilles dans le bol rempli d'eau bouillante, je laisse un peu infuser et, la tête sous la serviette de toilette, le nez au-dessus du bol, je respire les vapeurs qui se dégagent.

Il y a, bien sûr, les impondérables. Personne, même pas un chômeur, n'est à l'abri d'une fracture, d'une simple entorse ou d'une foulure. Je fais toujours très attention à regarder là où je marche et à ne pas tomber. En cas d'entorse : une pommade pour calmer la douleur, un bandage et beaucoup de repos.

Une ou deux fois par an, il m'arrive malgré tout de me rendre chez mon médecin. Chaque fois que j'en ai été réduit à cet extrême, j'ai toujours mis un point d'honneur à régler ma consultation comme n'importe quel autre patient. C'est un gros sacrifice financier : je n'ai jamais eu de mutuelle et la Sécurité sociale ne rembourse pas grand-chose sur une visite à un généraliste. Mais j'aurais eu scrupule à expliquer ma condition de chômeur. Je le connais bien : il m'aurait pris en pitié et ne m'aurait pas fait payer. Je crois qu'il ne s'est jamais douté que je ne travaillais pas.

Restent deux problèmes vraiment ennuyeux et pour lesquels je n'ai pas de solutions toutes faites : la vue et les dents. Jusqu'en 2005, j'ai consulté mes praticiens habituels, le moins souvent possible, ça va sans dire, et toujours en les payant rubis sur l'ongle. C'est surtout le poste dents qui me préoccupait : j'ai une mauvaise dentition. Brossages réguliers, bicarbonate pour éviter des détartrages trop fréquents, rien n'y a fait : mes dents s'abîmaient. L'homme de l'art qui me soigne depuis plus de dix ans me mettait en garde : un jour, j'aurais de gros ennuis. Et ce jour est arrivé. Fin 2005, il m'a annoncé qu'il fallait m'extraire douze dents et les remplacer par des prothèses. Je lui ai demandé combien tout cela me coûterait : 10 000 euros, au bas mot, m'a-t-il répondu. Avais-je une mutuelle ? Non. Devant mon embarras, il m'a conseillé de contacter un organisme de prêt spécialisé dans les problèmes dentaires. Lui aussi ignorait que j'étais chômeur.

10 000 euros, bien plus que ce que je touche en un an. Comment les trouver ? Rester édenté ? La mort dans l'âme, je me suis résigné à faire ce que je m'étais toujours juré d'éviter : je suis allé m'inscrire à la CMU et à la CMU complémentaire. Grâce à la complémentaire, cette fameuse couverture maladie universelle qui s'additionne à la couverture de base et dont je ne voulais pas entendre parler depuis cinq ans, mes problèmes seraient réglés et mes dents soignées sans que j'aie à me tracasser de ce devis de 10 000 euros. Je n'aurais plus rien à payer.

Pourquoi ai-je mis si longtemps à franchir le pas ? La morale, toujours la morale. À partir du moment où je choisissais de passer sous ce régime, je savais que les praticiens que j'avais l'habitude de voir toucheraient des consultations minorées. C'est ainsi : lorsqu'on a une carte de la CMU, l'acte médical baisse. Le médecin en est pour ses frais. Et moi, je ne voulais pas les léser, mes médecins. Je les estimais trop.

Avec cette histoire de dents, la donne changeait. Lorsque je suis allé m'inscrire pour obtenir mon nouveau statut d'assisté à 100 %, la femme qui m'a accueilli s'est étonnée : « Pourquoi ne pas l'avoir fait plus tôt ? C'est beaucoup plus intéressant pour vous. »

Ça l'était, effectivement. Mais, moi, j'allais devoir spolier un ami. J'ai pris une décision difficile. J'ai décidé de ne plus passer par lui et de m'en remettre aux médecins de la Sécurité sociale. Ils sont salariés. Que je relève de la CMU ou d'ailleurs, pour eux, c'est du pareil au même.

Depuis janvier 2006, je suis maintenant soigné aux frais de la princesse. J'ai douze belles nouvelles dents – pas des pivots, la CMU n'est quand même pas si généreuse, mais quatre prothèses flambant neuves.

Je suis également allé consulter un ophtalmologiste. Il était temps. Mes lunettes n'étaient absolument plus adaptées à ma vue. J'ai maintenant des verres progressifs montés sur une monture neuve, très légère et qui fait très « jeune ». Un plaisir que je n'avais pas connu depuis des années. Dans quelques mois, il est prévu qu'on me fasse un check-up complet. C'est sûr, nous voilà loin de ma pharmacie de brousse. J'ai tenu le temps que j'ai pu. Cela ne m'empêchera pas de recourir à mes bonnes vieilles méthodes pour des maux bénins. Je ne vais pas aller consulter à tout-va. Il ne faut pas exagérer tout de même.

J'explique tout cela lors de mes dîners « ethnologiques » – c'est ainsi que j'appelle ces réunions où des inconnus sont conviés à m'« étudier ». Mes recettes de grand-mère, mes réticences envers la CMU et comment, finalement, j'ai rendu les armes.

On m'écoute, parfois avec une certaine chaleur, souvent avec une nette hostilité. Dans l'auditoire, beaucoup manifestent un épouvantable a priori vis-à-vis de ce nouveau régime de santé. Pour eux, c'est une double arnaque montée à la fois par les socialistes et par les pauvres. Ils considèrent les premiers (Élisabeth Guigou, à l'initiative de cette réforme, est leur bête noire) comme des démagogues et les seconds comme de sales profiteurs. En un sens, je les comprends : 10 000 euros pour mes dents, 500 euros pour mes verres progressifs et ma nouvelle monture constituent une sacrée somme pour ceux qui doivent la payer plein pot ou presque.

Ce régime a si mauvaise presse auprès des praticiens exerçant en libéral qu'en juin 2006, 40 % d'entre eux se sont fait épingler par le conseil de l'ordre des médecins : ils refusaient purement et simplement de recevoir les patients y étant affiliés, estimant que leurs revenus subissaient une perte sèche.

Mes explications ne convainquent qu'à moitié les convives : je sens une lourde gêne planer autour de la table. Pourtant, moi d'ordinaire si enjoué à profiter de mes droits et des bonnes lois de mon État, j'estime me montrer vraiment raisonnable. Je respecte les professions libérales – après tout, elles aussi sont énormément taxées. Je n'abuse pas de la situation.

Pour alléger l'ambiance, pesante à ce stade de la conversation, mes amis branchent leurs hôtes sur mes manies. Ils accrochent à tous les coups. Maniaque ? Manifestement, c'est comme la santé. Cela ne paraît pas banal qu'un type qui se vautre dans le système ait le sens de l'ordre – en ce qui me concerne, c'est même une névrose.

Mes amis, donc, mettent en avant mes manies. Conséquence, bien sûr, des nombreuses sommes soutirées çà et là à mon beau pays (mais ces gens-là n'ont pas idée de la paperasserie que j'ai dû brasser dans ma vie), je garde absolument tout. Bordereaux de versements, copies de courriers administratifs, vieux textes de lois attestant de ma bonne foi. Devant mon auditoire, soudain rasséréné – après tout, il est là pour m'observer et non pour me juger –, je déploie mes vices. En plus d'être un profiteur, je suis un collectionneur. J'ai près de vingt-sept années d'archives rangées chez moi. Triées année par année. Classées selon les différents organismes. Une chemise très épaisse pour les bordereaux de l'allocation logement social. Trois cartons entiers pour les papiers de l'ANPE : les lettres de demande d'emploi et les réponses négatives dans l'un, les rapports de stage dans un autre, les fiches de paie dans un troisième. Une chemise pour les papiers de la maison (acte de propriété, échéancier du prêt et assurance). Encore une pour mes voitures successives dont j'ai toutes les photocopies des cartes grises.

J'ai aussi une petite malle en carton où j'ai soigneusement rangé mes comptes depuis la même période : additions faites à la main, relevés bancaires, factures d'électricité et d'eau, factures d'essence et de nourriture. De la sorte, je peux mesurer l'inflation. Il m'arrive de passer plusieurs semaines, le nez dans ma malle, à éplucher mon stock. Je revisite ainsi l'économie de mon pays : la prospérité relative des années 80, la débâcle depuis l'arrivée de l'euro. J'ai bien entendu conservé toutes les archives de mon entreprise. Celles-là, je ne les consulte que les jours de grand cafard, lorsque je suis très remonté contre la France. Rarement, en fait.

On me presse de questions. Où sont-elles rangées, ces archives, je n'habite tout de même pas à la Bibliothèque nationale ? Chez moi, bien alignées sur des étagères que j'ai moi-même posées. À quoi me servent-elles ? Pardi, mais à jouer. Jouer à quoi ? À pouvoir répondre tout à trac et à la virgule près à n'importe quelle question concernant mes finances. Un passe-temps que j'ai depuis longtemps – qui sait, peut-être est-ce le fruit de mes années d'études en chômage ?

J'étale mes exploits devant les convives. Je me sens devenir le maillon fort du *Maillon faible*, émission que je suis assidûment. Combien d'électricité ai-je payé en telle année ? Un bref effort de mémoire et un peu de concentration me suffisent à répondre correctement. Combien d'allocation logement en vingt-cinq ans ? Tant. Ils ne se doutaient pas qu'un chômeur professionnel puisse être aussi concerné par les chiffres.

De ces dîners, je sors amusé et étonné. Déstabilisé aussi. Ça me fait un peu mal de passer pour un original. C'est cependant ce que je suis.

16.

Être bien pour aider les autres

Malgré ces petites séances de cirque durant lesquelles ils me livrent innocemment en pâture aux curieux de passage, mes amis me respectent. Et même plus. Ils pourraient m'en vouloir de ne jamais payer la note lorsque nous allons manger ensemble au restaurant. Ils pourraient me reprocher de vivre à leurs crochets – c'est tout de même ce que je fais. Mais non, jamais aucune remarque de ce genre. Au contraire, ils tombent des nues lorsque j'amène une bouteille de vin pour le dîner – seulement dans les grandes occasions –, s'attendrissent lorsque je leur offre un cadeau, me grondent affectueusement : je n'ai pas les moyens de telles folies. Je ne suis pas un pique-assiette : je suis un être hors du commun. Voilà ce qu'ils me disent. Qui ne voudrait avoir de tels amis ?

Objectivement, il est utile d'avoir un chômeur dans son carnet d'adresses. Pourvu, bien sûr, qu'il aime son statut, qu'il ne vive pas dans les affres de la honte et de l'angoisse, et qu'il aime, comme moi, rendre service. D'abord, un chômeur heureux de l'être est presque toujours disponible. Ensuite, il est toujours enthousiaste. Besoin d'un coup de main pour un déménagement ? Pas de problème. Une panne de nounou ? Qu'on me confie l'enfant ! Un évier bouché, une chaudière au bout du rouleau ? On peut compter sur moi.

En 1988, quand j'ai eu mon premier ordinateur, j'ai aidé un ami qui s'était mis à son compte dans la location de cassettes vidéo. Son idée était formidable : au lieu de faire se déplacer les gens dans son magasin, il leur apportait les cassettes à domicile. Comme on livre des fleurs ou des pizzas. Mais pour qu'on puisse lui commander ces cassettes, il avait besoin de présenter un catalogue à ses clients, avec les titres des films et leur résumé. Nous avons passé des nuits entières à rédiger son catalogue. Un mois de nuits blanches pour qu'il puisse enfin démarrer son entreprise. Je n'ai jamais rechigné à l'aider. Au contraire. Ce rythme de vie, parfaitement insolite, me plaisait. C'était pour la bonne cause : un beau projet, un ami cher. Je n'ai pas compté ma peine.

Ces proches, que je connais pour la plupart depuis l'enfance, n'hésitent jamais à m'enrôler pour un coup de main. Mais ce n'est pas dans les travaux manuels que je brille le plus. Ma spécialité, c'est le conseil. On peut tout me demander : j'ai réponse à tout. Un achat à effectuer ? Je connais les prix les plus bas, les endroits qui pratiquent le discount, le temps que mettra tel ordinateur à atteindre un prix raisonnable. Un litige juridique ? J'ai suffisamment d'expérience pour éplucher un texte de loi, un procès-verbal ou un commandement d'huissier. J'étudie les papiers qu'on me confie – toujours à la ligne près –, je pars à la pêche aux renseignements – je ne suis quand même pas une encyclopédie – et je soumets mes conclusions. Je tire régulièrement d'affaire mes amis.

Mon dernier sujet de fierté est d'avoir dénoué un invraisemblable imbroglio juridique mené par une folle dans un immeuble où vit un couple d'amis. Lorsqu'ils s'y sont installés, la copropriété était à feu et à sang. Une certaine Mme Loge était en train d'intenter un procès contre les autres propriétaires sous le motif que, la loge de l'immeuble ayant été vendue après que la gardienne eut pris sa retraite, les gens sonnaient désormais chez elle lorsqu'ils avaient besoin d'un renseignement. Non seulement elle réclamait que l'on pose une plaque bien en vue au-dessus des interphones, stipulant qu'il n'y avait pas de loge dans l'immeuble (elle l'a eue), mais elle exigeait aussi que la vente de la loge soit cassée – bien qu'elle l'ait acceptée comme tout le monde, lors d'un vote en assemblée. Elle exigeait aussi que le nouvel acquéreur, une grosse société, revende le local à la copropriété, qu'elle sommait par ailleurs d'installer un nouveau concierge. Absurde ? Pas tant que ça. À peine arrivés dans leur nouveau logis, mes amis, comme tous les autres propriétaires, ont reçu un commandement d'huissier. Sauf à exécuter les volontés de cette excitée, un jugement les condamnait à une astreinte journalière de

100 euros. Comment les tribunaux en étaient-ils arrivés à cette conclusion ? La plaignante, comme cela se produit souvent, s'était débrouillée pour trouver un vice de forme dans la vente de la loge.

Je me suis régalé avec cette histoire. J'ai repris les procès-verbaux des assemblées de copropriété, refait le trajet des plaintes qu'elle avait portées devant les tribunaux, j'ai cherché la petite bête et je l'ai trouvée : un autre vice de forme sans plus d'intérêt que celui qui lui permettait depuis tant de mois de pourrir la vie de la communauté. Le jugement qui menaçait de mettre mes amis et leurs voisins sur la paille a été révisé au désavantage de cette dame. Laquelle a été condamnée à une amende. On m'a dit qu'elle fourbissait de nouvelles armes en vue de repartir en guerre. Je l'attends de pied ferme. Par amitié pour ce couple et parce que j'adore ce genre d'histoires invraisemblables.

J'ai une autre corde à mon arc : les finances. Je suis capable, si on me le demande, bien entendu – il ne me viendrait pas à l'esprit de me mêler de ce qui ne me regarde pas –, de refaire le budget d'un ménage en une soirée. À moins que mes « clients » n'aient un hobby particulier dans lequel passe tout leur argent – mais dans ce cas, il est rare qu'ils me demandent mon diagnostic –, je repère tout de suite le (ou les) poste(s) qui cloche(nt). Ce sont toujours les mêmes : l'alimentation et les produits ménagers, les vêtements, la pharmacie, les voitures et les produits de beauté. Chaque fois que je me livre à cet exercice, mes amis n'en reviennent pas. C'est tout bête : ils n'avaient pas pensé à étudier le problème de manière détaillée.

Compte tenu de la veine que j'ai eue pour l'achat de mon appartement, je me suis également institué conseiller en immobilier. Je connais des gens aisés et d'autres qui n'ont vraiment pas beaucoup de moyens. Ceux-là me doivent une fière chandelle. Lorsqu'ils ont vu que j'avais réussi, malgré ma situation pour le moins bizarre, à acquérir un appartement, ils ont aussitôt voulu m'imiter. Quoi de plus normal ? Ils bénéficiaient comme moi de l'allocation logement. Ils connaissaient le plafond fixé pour les PAP : 15 000 euros. Le hic : aucun n'avait, dans son réseau d'amis, de gens suffisamment confiants – et prospères – pour lui accorder un prêt direct. À mon tour, pour une fois, de faire la gentille fée : j'ai fait la tournée des banquiers avec eux. Nous avons étudié ensemble les variations des taux et réussi à convaincre un établissement d'accepter leur dossier. Belle victoire pour moi. Grand plaisir pour eux. Cela paraît inimaginable qu'un banquier prête à des personnes qui gagnent moins de 1 000 euros par mois. Et pourtant, avec un peu de conviction, c'est possible. Aux yeux des banques, les petits payeurs ne sont pas forcément les plus mauvais.

Évidemment, je suis encore plus performant quand les problèmes de mes proches ont trait au droit du... travail. Des contrats d'embauche aux lettres de licenciement en passant par les primes non payées (heures supplémentaires, vacances pour les enfants, etc.), les jours fériés travaillés mais non comptabilisés comme tels, les augmentations non respectées, les problèmes de harcèlement – moral, sexuel – et les primes de licenciement, je connais la législation sur le bout des doigts. Je suis bien plus efficace que les syndicats. D'abord, je n'ai pas, comme eux, les fesses entre deux chaises, à vouloir concilier l'intérêt des patrons et celui des employés. Je ne pense qu'à l'intérêt de mes amis. Ensuite, j'ai tout mon temps. Enfin, je mets tout mon orgueil à leur restituer leur dignité.

En la matière, j'ai un joli palmarès. J'ai obtenu une prime de licenciement d'un montant double de celui initialement fixé par son entreprise à l'un de mes amis, ingénieur électronicien, que l'on menaçait de licencier pour faute. Il n'en avait commis aucune. Son entreprise voulait simplement se débarrasser de lui à moindres frais. On l'a mis « au placard », comme on dit. Plus de chef, plus de référent, plus personne autour de lui, il en était réduit à se tourner les pouces, plus du tout « performant ». Au bout d'un mois de ce régime, on l'a convoqué : il ne travaillait plus, ce n'était pas prévu dans son contrat, on était au regret de devoir se priver de ses services. Motif : faute professionnelle. Mon ami a effectivement quitté cette entreprise, mais pas dans les conditions prévues par l'employeur. J'ai remonté le fil de son histoire jusqu'au début, étudié en détail l'organigramme de sa société avant et après qu'on l'eut placardisé, et j'ai trouvé la faille : un jeune pistonné qu'on voulait mettre à son poste, et pas question de payer deux salaires. Le pot aux roses découvert, il a suffi de quelques lettres recommandées et de quelques entretiens musclés avec le chef du personnel pour parvenir à une solution raisonnable. Un licenciement, oui, mais pour incompatibilité d'humeur, et des indemnités à l'avenant.

J'ai aussi poussé l'une de mes amies secrétaire, quotidiennement victime des mauvaises manières de son chef, à saisir les prud'hommes. Il a fallu la convaincre de porter plainte, puis contacter ses collègues pour qu'elles acceptent de témoigner contre leur employeur. Rien d'aisé, vraiment. L'une d'entre elles a fini par accepter, puis une deuxième... Aux prud'hommes, nous avons obtenu gain de cause : le harceleur a été sévèrement puni. Évidemment, mon amie a quitté son emploi. Après un passage à la case chômage, où je lui ai, bien entendu, servi de chaperon, elle travaille désormais dans une société familiale. Enfin tranquille. J'aime voir mes amis bien dans leur peau.

Pourtant, tous ces coups de main que je donne ne sont pas ce qui cimente réellement l'amitié. La vraie raison de l'extraordinaire affection qu'ils me portent, la seule, c'est ma façon d'être. Ma bonne humeur les apaise. Ma philosophie de la vie les enchante. Je connais la chanson du bonheur. Eux, pas toujours.

À multiplier les heures au travail – il faut bien qu'il se fasse, le travail, même si les gens ne sont plus mobilisés que trente-cinq heures par semaine –, à supporter la pression constante des chefs, à accumuler les soucis, ils sombrent tous, un jour ou l'autre, dans la mélancolie. Ils ne savent plus où ils en sont ni à quoi rime leur vie. Je les vois s'étioler. Ils parlent moins. Finissent par ne plus rire du tout. Finis les dîners « en famille ». Lentement mais sûrement, ils s'enferment dans la dépression. Je ne suis plus invité chez eux. Ce sont eux, désormais, qui viennent me rendre visite. À n'importe quelle heure. Sans prévenir. Parfois même durant leurs heures de travail, sous le prétexte d'un malaise ou d'une visite chez le médecin.

Ils débarquent, l'œil morne et pleins d'angoisse. Dans ces moments-là, je crois qu'ils m'envient. En réalité, ils m'appellent au secours. Je leur prépare un café ou un thé, je parle tout seul, de la pluie et du beau temps, des enfants, des dernières nouvelles. Je les dorlote. Peu à peu, ils se laissent aller, me disent enfin leur détresse, cette fatigue indéfinissable qui leur tombe sur les épaules, toute cette lassitude. Et si c'était moi qui avais raison ? Si j'étais dans le vrai ? Ils jalousent ma liberté, cette incroyable légèreté que j'ai en toute circonstance. Si peu de poids sur les épaules, si peu de contraintes, si peu de besoins. Comment est-ce possible ?

Doucement, patiemment, comme les chiens domestiques poussent leur museau contre les genoux de leur maître pour lui manifester leur amour, je les ramène sur la rive, je les raisonne. Tout le monde ne peut pas vivre comme je le fais, sans attaches et sans ambition.

Je me fais l'avocat du diable, inventorie leurs richesses : carrière valorisante, ténacité, vie de famille heureuse. Eux, du moins, ont eu le courage de se lancer dans la bataille quand, moi, j'ai choisi de rester à la lisière du monde. Ils m'écoutent, hébétés. Peu à peu, ils remontent à la surface.

Voici arrivée l'heure des bilans. Colonne plus et colonne moins. Ensemble, nous cochons les points forts et les points faibles, détaillons les articulations défaillantes, les tours de vis à donner. Un peu plus de mou dans le travail, un peu plus d'énergie dans les loisirs, un peu plus de sérénité dans les finances, et tout repartira sur une bonne voie. Un petit tour sur mon balcon, un bonjour aux mésanges auxquelles j'ai appris à venir picorer la mie de pain dans ma main, et ils repartent chez eux ragaillardis, le cœur empli de nouvelles certitudes.

Parfois, leur malaise est plus profond. Comme cette vieille amie qui, depuis bientôt huit ans, ne sait plus très bien à quoi elle sert. Célibataire, elle travaille comme assistante dans une entreprise d'agroalimentaire. Trente ans qu'elle est en poste, mais voilà qu'elle n'a plus rien à faire. Plus de lettres à prendre sous la dictée, plus de documentation à chercher pour les membres de son service. À peine quelques coups de téléphone à réceptionner. L'informatique et les boîtes vocales lui ont volé son boulot. Les jeunes loups auxquels elle était censée prêter main forte n'ont plus besoin de ses services, complètement autonomes avec leurs ordinateurs et leurs banques de données. À présent, on ne lui demande plus que d'apporter des cafés. Elle passe huit heures par jour à regarder tourner les aiguilles de l'horloge, en ruminant son inutilité. Lorsqu'elle partira à la retraite, son poste sera supprimé. Je l'interroge : « Mais alors, pourquoi ne pas partir tout de suite à la retraite ? » Elle ne veut pas. Ce serait se reconnaître encore plus inutile. Ce serait comme être définitivement mise au rebut. Elle préfère rester accrochée au vide. Je la raisonne : « On vit très bien dans le vide, le sais-tu, au moins ? Mais on vit beaucoup mieux lorsqu'on le fait à l'air libre. Tu es comme moi, au fond : un parasite, mais un parasite qui se cache la tête dans le sable. Tu es un parasite inhibé. »

Ma vieille amie a sauté le pas il y a peu. En retraite anticipée, elle profite enfin du temps qui passe sans plus jamais regarder tourner les aiguilles de l'horloge. On se promène souvent ensemble. Elle a retrouvé le goût de vivre.

Voilà pourquoi nous formons un cercle aussi uni. Voilà pourquoi tous ces amis prennent parfois des risques insensés pour m'aider – comme ce couple pour l'achat de mon appartement. À leurs yeux, je suis un sage.

Chômeur professionnel, ça ne rapporte pas seulement de l'argent. Le bien-être moral que procure ce statut permet souvent de faire le bien autour de soi.

17.

Le dernier des Mohicans

Comment ai-je réussi à tenir aussi longtemps face à l'imbécillité de l'État ? Comment ai-je fait pour résister à tous ses programmes, ses formations bidon ? Comment suis-je parvenu à échapper à son contrôle ? Parfois, je me le demande. Beaucoup d'astuce, bien sûr. Beaucoup d'inertie dans tous ces services et au cœur de l'ANPE, sans doute. Mais il y a surtout chez moi, et ce depuis le début, cette volonté délibérée de me servir, de prendre mon dû, m'y accrocher et m'en contenter.

Si je devais mourir demain, comparaître devant un envoyé de Dieu – j'imagine un ange, plutôt fille que garçon –, je sais qu'il ne me faudrait pas faire beaucoup d'efforts pour le convaincre de m'envoyer au Ciel. Je resterais calme comme je le suis toujours. Détendu. L'ange commencerait par me regarder sévèrement.

« Mais n'avez-vous pas honte d'avoir vécu ainsi, sans autre but que de vous faire plaisir en volant l'État ?

– Non, l'ange.

– Vous auriez pu vivre une vie honnête, être entouré d'une famille. Avoir votre maison, bientôt des petits-enfants.

– J'ai une maison, l'ange. Je n'ai jamais voulu de petits-enfants.

– Vous auriez pu faire de grandes choses. Voyager, parcourir le monde. Au lieu de quoi, vous n'avez jamais quitté votre pays, c'est à peine si vous avez mis le nez hors de votre département.

– C'est vrai, l'ange. Mais j'ai voyagé dans ma tête. En ne faisant rien, c'est le monde qui est venu à moi.

– N'avez-vous aucun regret, à la fin ?

– Aucun, l'ange. Ma condition m'a appris la sagesse. J'aurais aimé, bien sûr, prendre un jour l'avion, grimper sur la passerelle, m'asseoir sur un siège près du hublot, entendre l'hôtesse annoncer le verrouillage des portes, sentir les roues rentrer dans la carlingue et regarder le sol s'éloigner de moi. J'aurais aimé m'envoler vers le Vietnam avec mon ami Tran et découvrir avec lui le pays de son enfance, sentir l'odeur de la papaye. Je ne suis jamais monté à bord d'un avion. J'ai aussi rêvé de caboter sur un bateau dans des îles paradisiaques, je n'ai jamais pris que la navette qui mène d'Antibes à Cannes – l'aller seulement, le retour coûtait trop cher. Je n'avais pas beaucoup d'argent, juste assez pour vivre correctement. Il m'a fallu me montrer raisonnable.

– Et tout cela, avions, bateaux, ne vous a vraiment pas manqué ?

– Non, l'ange. J'ai eu une bonne vie. »

Ce serait une belle journée de printemps. L'ange me prendrait par la main, et je m'envolerais avec lui vers le Ciel.

Mais je suis vivant et la partie continue. De plus en plus serrée et donc d'autant plus passionnante. Bonne nouvelle, le RMI augmente : 3,5 %. Mauvaise nouvelle : le prix des cartes grises aussi. Il faudra faire avec. Une lettre dans ma boîte mi-juin 2006 m'invite à remplir pour la trentième fois ma « déclaration de ressources pour le renouvellement de l'allocation spécifique de solidarité ». Je me mets au travail. Combien ai-je gagné ces six derniers mois ? Rien. Combien de traitements et salaires ? Rien. Combien de revenus, combien de plus-values, combien de pensions ? Combien de rentes ? Rien, rien. Je coche tranquillement les cases. Je date, je signe, je timbre, je poste. Voilà, c'est reparti pour six mois. Six mois de tranquillité ou presque. Il faudra surveiller les nouvelles lois.

En cette période préélectorale, elles ne vont pas manquer de tomber. Chirac est aux abois, son gouvernement manque de sang-froid, on peut s'attendre à n'importe quoi : à des farces, à des coups de théâtre sans conséquence, mais peut-être aussi à des coups de Trafalgar. Je dois rester sur mes gardes. Ces gens sont prêts à tout pour garder leur place. Après la hausse du RMI, après ce courrier qu'ils m'ont envoyé, qui sait, vont-ils se renier et me couper les vivres ? Se pourrait-il que, rien que pour rester en poste, ils décident de transformer ce pays de cocagne qui est le nôtre en une épouvantable machine à traquer les fraudeurs ? Ils n'en sont pas capables. Mais méfiance, quand même.

Je me sens prêt à entrer de nouveau en résistance. Gonflé à bloc. J'ai de bonnes cartes en main, une infinie patience que des années de yoga n'auraient pas suffi à me donner, ni cure en thalassothérapie, ni gourous, ni magnétiseurs. J'ai du métier, beaucoup de métier, comme pas mal de personnes de ma génération sans doute. Plus en tout cas que les jeunes que je vois apparaître sur les listes de l'ANPE n'en auront probablement jamais. Je me désole de les voir si insouciants, prêts à se faire dépouiller de leurs droits par le premier ballot venu, faute de connaissances et de réelle envergure. Il y a encore bien des moyens de faire tomber des fruits de l'arbre de l'État providence, mais ils manquent d'assiduité et de rigueur. Ils ont des ambitions démesurées : ne pas travailler, certes, mais s'habiller en Nike, dîner au restaurant, se pavaner en été, rouler sans compter dans de grosses voitures, sortir le soir en boîte de nuit. Ne pas travailler, mais sans se donner la peine de travailler justement à cette belle cause. Ils ont perdu tout sens commun. Ils regardent trop la télévision. Ils ne connaissent pas comme moi le prix à payer pour la liberté.

Si je devais être le dernier dans ma branche, j'assumerais ce rôle avec plaisir et même avec une certaine fierté. Comme une Légion d'honneur qu'on épinglerait à mon tee-shirt. Je me suis donné tant de mal. J'ai tant étudié.

Ces pages au fil desquelles j'ai livré mes secrets et mes recettes, étalé mes petits mensonges, mes stratégies d'attaque et de défense, et défendu ma morale bec et ongles me vaudront sûrement des problèmes. Je ne me déroberai pas. J'imagine déjà les questions. Je me sens prêt à expliquer ma philosophie.

« Comment vous définiriez-vous ?

– Comme un artiste.

– Un artiste, vraiment ?

– Oui, c'est bien cela.

– Tout de même, ces 120 960 euros pris à l'État !

– Il me les proposait, d'une certaine façon.

– Comment cela, il vous les proposait ?

– Oui, l'État français est bon envers ses administrés. À condition qu'ils sachent s'y prendre.

– Vous, vous y êtes quand même allé un peu fort.

– 120 960 euros en vingt et un ans, bientôt vingt-deux, après tout, ce n'est pas une si grosse somme ; seulement un peu plus de 790 000 anciens francs.

– 790 000 francs, quand même !

– Je ne les ai pas volés.

– Pas volés, mais pas gagnés non plus.

– Si, j'estime au contraire les avoir gagnés. Un tel parcours, ça ne s'improvise pas.

– Pensez-vous faire école ?

– Même pas. J'en suis un peu amer, d'ailleurs. Je vois peu de candidats sérieux pour prendre la relève. Il est vrai que l'époque est plus austère qu'autrefois.

– Ce livre n'est donc pas une incitation à suivre votre exemple ?

– Non, ni incitation ni mise en garde. J'ai raconté une histoire. Mon histoire.

– Un livre de remerciements, en quelque sorte ?

– Oui, c'est cela. Et aussi un livre de souvenirs.

– Comment voyez-vous l'avenir ?

– Pardi, en rose.

– Cela veut-il dire que vous pensez que la gauche va passer en 2007 ?

– La gauche ou la droite, ça ne change rien pour moi.

– Pourquoi parler de rose, alors ?

– C'est mon futur que je vois en rose.

– Votre futur ? Comment cela ?

– Que voulez-vous qu'il m'arrive maintenant ? Le temps va passer, je vais vieillir – je crois que je ferai un beau vieillard. Viendra l'âge où j'aurai droit au minimum vieillesse.

– Vous persistez dans votre exploitation du système ?

– Bien sûr ! Pourquoi ne le ferais-je pas ?

– À force, cela ne vous paraît-il pas indécent ?

– Non.

– Non ?

– Ce qui est indécent, c'est ce qui arrive aux gens maintenant lorsqu'ils parviennent à la retraite. Des années de cotisations, pour une pension minable. Bientôt, ils devront aller manger aux Restaurants du cœur.

– Vous, vous n'irez pas ?

– Pour quoi faire ? Je toucherai exactement la même somme que celle que je touche aujourd'hui.

– Vous avez déjà tout calculé ?

– Tout.

– Comment vous sentez-vous ?

– Je me sens comme le dernier des Mohicans. »

Table

Composition Nord Compo
Impression : Imprimerie Floch, septembre 2006
Éditions Albin Michel
22, rue Huyghens, 75014 Paris
www.albin-michel.fr

ISBN : 2-226-17497-4
N° d'édition : 24569. – N° d'impression : 66536
Dépôt légal : octobre 2006
Imprimé en France.